IQ探偵《アイキューたんてい》タクト

密室《みっしつ》小学校

作◎深沢《ふかざわ》美潮《みしお》　画◎迎《むかい》 夏生《なつみ》

ポプラ社

TAKUTO
SHIBUSAWA

IQ《アイキュー》探偵《たんてい》タクト

深沢《ふかざわ》美潮《みしお》

武蔵野《むさしの》美術大学造形学科卒《びじゅつだいがくぞうけいがっかそつ》。コピーライターを経《へ》て作家《さっか》になる。著作《ちょさく》は、『フォーチュン・クエスト』、『デュアン・サーク』（電撃文庫《でんげきぶんこ》）、『菜子《なこ》の冒険《ぼうけん》』（富士見《ふじみ》ミステリー文庫）、『サマースクールデイズ』（ピュアフル文庫）など。ＳＦ作家クラブ会員《かいいん》。

みずがめ座《ざ》。動物が大好《だいす》き。好きな言葉は「今からでもおそくない！」。

迎《むかい》 夏生《なつみ》

7/27生《う》まれの獅子座《ししざ》。B型《がた》。愛犬《あいけん》はコーギーのフータくん。漫画家《まんがか》&イラストレーター。代表作《だいひょうさく》は『ワンダル・ワンダリング』『＋ANIMA《プラスアニマ》』（電撃《でんげき》コミックス）、『Nui!《ぬい》』（CRコミックス）など多数《たすう》。『フォーチュン・クエスト』シリーズ（電撃文庫《でんげきぶんこ》／ポプラポケット文庫《ぶんこ》）ではイラストを担当《たんとう》。

目《もく》次《じ》

登場人物紹介《しょうかい》●●●

渋沢《しぶさわ》拓斗《たくと》

小学六年生。新聞部。不可思議《ふかしぎ》な事件《じけん》を何度も解決《かいけつ》してきた美少年。

折原《おりはら》未来《みく》

小学五年生。新聞部。夢見《ゆめみ》がちな性格《せいかく》。拓斗《たくと》に憧《あこが》れている。

長谷川《はせがわ》夏子《なつこ》　未来《みく》と同じクラスで、親友。

小松《こまつ》悟《さとる》、栗林《くりばやし》裕《ひろし》　拓斗《たくと》と同じクラス。

折原《おりはら》龍一《りゅういち》　未来《みく》の兄。高校二年生。

菅原《すがわら》　未来《みく》のクラスの担任《たんにん》。

上田《うえだ》　体育教師《きょうし》。

吉村《よしむら》　音楽教師。

密室《みっしつ》小学校

✿第一の密室《みっしつ》

1

ザアザアザアザア……。

飽《あ》きもせずによく降《ふ》る。

ずいぶんくたびれた校舎《こうしゃ》の三階。

今日《きょう》は台風が近くまで来ているせいで、朝からずっと雨だ。

そのため、あの地獄《じごく》のような猛暑《もうしょ》はいったんお休み。こういう日もなくっちゃなと、未来《みく》は窓《まど》の外を見た。

ここは、楓陽館《ふうようかん》。古くからある私立《しりつ》小学校である。

郊外《こうがい》の静かな住宅街《じゅうたくがい》、楓町《かえでまち》の西、すぐ横を並浪川《なみなみがわ》という川が流れる平地にあった。川を隔《へだ》てて、さらに西には銀杏《いちょう》が丘《おか》という駅がある。

その名の通り、秋になればあっちは黄色い銀杏並木《いちょうなみき》が、こっちは楓《かえで》が真《ま》っ赤《か》に色づく。

でも、今は夏真《ま》っ盛《さか》り。もうすぐ夏休み。

楓陽館《ふうようかん》の校庭の横にも、ずらっと楓《かえで》の木が並《なら》んでいるが、青々とした葉が茂《しげ》っている。

もちろん、今は雨に打たれてうなだれているのだが。

楓《かえで》の向こうに見える並浪川《なみなみがわ》は、ふだんより水量も増《ふ》え、灰色《はいいろ》によどんで見えた。

折原未来《おりはらみく》は、ここの五年生。

この小学校は制服《せいふく》がかわいいことでも有名で、後ろがセーラーカラーになっている大きな衿《えり》つきの白いブラウスとスカート。夏は、衿《えり》もスカートもさわやかな水色である。

紺色《こんいろ》のリボンの麦わら帽子《ぼうし》、膝上《ひざうえ》までの白いハイソックスを着用する。

ブラウスの前衿に入っている楓陽館《ふうようかん》の校章は、楓《かえで》をかたどったもので、なかには『f』の字が描《えが》かれている。

未来《みく》はつやつやした黒髪《くろかみ》で、四年生まではロングだったのを思い切って、ばっさりとショートカットにしたばかりだ。

父親の博幸《ひろゆき》は、ロングのほうが女の子らしいと最後まで反対していた。

「ほら、髪《かみ》は女の命だろ？　だいたい短い髪《かみ》して、いざ失恋《しつれん》した時どうすんだ。切れないじゃないか！　坊主《ぼうず》にでもなるか？」

と、わけのわからないことを主張《しゅちょう》したものだ。

「んもー、なに、言ってんですか！　いいのいいの。未来《みく》、ショートカットだってよく似合《にあ》うわよ！」

母の祥子《しょうこ》はそう言ってくれ、ショートカットに似合うカチューシャを買ってくれた。今もつけているが、横に小さな四つ葉のクローバーがついていて、とても気に入っている。

まあ、未来《みく》だって、今年《ことし》の春までは、「ばっかだなー、パパは。恋《こい》とか失恋とか関係ないし」と思っていた。

『彼《かれ》』に会ってしまうまでは。

そう。

『彼』。

問題の……『彼』。

『彼《かれ》』とは誰《だれ》なのか!?

今までは、恋占《こいうらな》いなんてバカみたいだと思ってたのに、最近は少し気になる。

最近、流行《はや》ってるのは二本の鉛筆《えんぴつ》を転がして、出た記号で占うやつ。

鉛筆は六面あるから、「☆、★、△、▲、○、●」をそれぞれの面に描《か》く。

これを二本用意して、同時に転がすのだ。

「☆、★」など、同じマークになったら、超《ちょう》ラッキー。相性《あいしょう》ばつぐん。

でも、「★、▲」のように黒いマーク同士の場合は、その逆《ぎゃく》で最悪。相性は良くない。

反対に「☆、△」みたいに白いマーク同士の場合は、友達《ともだち》関係なんだそうだ。

こんな単純《たんじゅん》な占いでも、なんだか気になる。

昼休み、給食でお腹《なか》がいっぱいになった未来《みく》は、またコロコロと鉛筆《えんぴつ》を転がしていた。

その時だ。

白いエプロンと三角巾姿《さんかくきんすがた》で、後片付《あとかたづ》けをしていたクラスメイトの長谷川夏子《はせがわなつこ》が走ってやってきた。

背《せ》がヒョロっと高くて、おさげ髪《がみ》をしている、健康的に陽《ひ》に焼けた顔の女の子。ノリが合うというか、気が合うというか。いっしょにいることが多い。

「ねぇ、ねぇ、大変！　未来《みく》、王子様が来てる！」

「王子様？」

「そうよ！　拓斗様《たくとさま》が来てる!!　未来《みく》くん、いませんかって」

そのとたん、心臓《しんぞう》がドキンッ！　となった。

んもー、どうしてそういう大げさな言い方するかなぁ！

と、思いつつ、どうせ部活の用事なんだろうというのもわかっていながら、未来《みく》はうれしくてしかたなかった。

油断《ゆだん》すると、ついつい頬《ほお》がゆるんで、ニマニマと笑ってしまいそうになる。

それを必死に我慢《がまん》するため、唇《くちびる》をかみしめて、廊下《ろうか》に走っていった。

ふわふわした天然のくせっ毛がやわらかそうに輝《かがや》いている。

小学生にしては、ひょろっと長ぁーい手足。たぶん、百七十センチ以上はあるんだろう。

賢《かしこ》そうではあるが、のんきで少しとぼけた印象の顔立ち。親戚《しんせき》にイギリス人がいるんだそうで、それもうなずける感じである。

ちなみに、男子の制服《せいふく》は白いシャツにグレーのズボンとネクタイ姿《すがた》である。ネクタイには楓陽館《ふうようかん》の校章が入っている。

男子にも帽子《ぼうし》があり、夏期は麻素材《あさそざい》の黒いベレー帽《ぼう》（楓陽館《ふうようかん》の校章付き）着用ということになっている。

一学年上の渋沢拓斗《しぶさわたくと》は開いた窓《まど》の前に無造作《むぞうさ》に立っていた。長袖《ながそで》のシャツを着て、片手《かたて》をズボンのポケットに突《つ》っこんでいる。夏でも長袖《ながそで》のシャツを着ている拓斗《たくと》は、そんなポーズがなんともよく似合《にあ》う。

あわててやってきた未来《みく》を見て、彼《かれ》はプッと吹《ふ》き出した。

「え？　な、なに？」

人の顔を見るなり、吹き出すってひどくない？

と、思ったが、自分の格好《かっこう》を見て、またまたカ――っと顔が熱くなった。

なんと、右手にも左手にも鉛筆《えんぴつ》をしっかり握《にぎ》りしめていたから。

あわてて咳払《せきばら》いをしつつ、両手を後ろに引っこめる。

拓斗《たくと》は笑いながら言った。

「今日《きょう》、放課後、もし暇《ひま》があるなら、この前、取材したデータの整理、手伝《てつだ》ってもらえませんか？　ほら、ウサピョンの記事です。記憶《きおく》が新しいうちに整理しておきたいから」

2

「ウサピョン？　あ、あぁ……」

ウサピョンというのは、未来《みく》たちのクラスで飼《か》い始めたばかりの白いウサギのことだ。

校長先生が親戚《しんせき》からもらってきたんだという話で、ずいぶんリッチな暮《く》らしをしているのだ。

おかげで、担任《たんにん》の先生は、やれウサピョンが食欲《しょくよく》がないとか、寝過《ねす》ぎではないかとか、神経質《しんけいしつ》になっている。でも、さっき見た時も寝《ね》ていたから、子ウサギのうちは人間の赤ちゃんといっしょでよく寝るもんなんだろう。

担任の名前は菅原《すがわら》。

偉《えら》い人にはペコペコしてるくせに、生徒たちには偉そうにすると、生徒にはあまり人気がない。

「あのウサギの小屋、かなり大きいですよね？　ジャマになってるんじゃありませんか？」

拓斗《たくと》は、なぜか誰《だれ》と話す時もていねいな言葉で話す癖《くせ》がある。

だから、一学年下の未来《みく》にも「です、ます調」だ。それで、つい未来《みく》も同じように「です、ます調」で話している。他の友達《ともだち》に話す時には、絶対《ぜったい》にしないような口調で。

「あ、ああ……たしかに、ジャマかもしれませんね」

まだ子ウサギなのに、一メートル五十センチ四方くらいの特注の小屋で、教室を圧迫《あっぱく》している。

「ですよねぇ……」

「でも、かわいいんですよ！　特に顔が」

「ああ、あれね！」

ふたりが話題にしているのは、ウサピョンの鼻の下についた小さな黒い点。

他は真っ白なので、まるでホクロがついてるみたいに見えて、なんともかわいいのだ。

「最初は汚《よご》れてるのかと思って、みんなで捕《つか》まえて顔をゴシゴシ拭《ふ》いたりしたんです」

「そりゃ、ひどいですね。アハハハハ……」

と、ふたりで笑い合っていたら、「ひゅーひゅー！」と、はやしたてる声が聞こえた。

フっと顔を上げ、振《ふ》り返る。階段《かいだん》のところに、目の細い男子とドングリ眼《まなこ》の男子がいた。

拓斗《たくと》のクラスの男子だ。

「よお、拓斗《たくと》ぉー！　ナンパか？　どうせなら、もっと色っぽいのにしろ！」

「天才はつらいねえー、モテモテ!!」

な、な、なんだ、この人たち。

髪《かみ》の毛が怒《いか》りでボッと燃《も》え上がるのがわかった。

ゲラゲラ笑いながら階段《かいだん》を上っていくふたりを未来《みく》はにらんだ。

「天才はつらいねぇー！」

「まったくだ！」

まだ声がする。しつっこいなぁ、もう!!

なんで、拓斗《たくと》くん、ビシっと怒《おこ》らないんだろ。

「未来《みく》！　未来《みく》!!」

その時、未来《みく》の肩《かた》を夏子《なつこ》が後ろからグイグイやった。

「え？　なに??」

「なにってさぁ……気持ちわるいんだけど。ひとりで怖《こわ》い顔しちゃって。どうしちゃったの？」

「えええええ??」

ハっと我《われ》に返ってみてびっくりした。

いつの間にか拓斗《たくと》はいなくなっていて、未来《みく》はひとりで廊下《ろうか》に立ったまま怒《おこ》っていたのだ。これじゃ、本当に変な人だ。

「きゃ――――!!」

顔が真《ま》っ赤《か》になる。

「きゃ――――!!」

夏子《なつこ》もふざけて叫《さけ》び声をあげた。

とたんに、未来《みく》はおかしくってたまらなくなった。

まったく！　わたしってば、いったい何してたんだろっ！

その気分はたちまち夏子《なつこ》にも伝染《でんせん》し、ふたりでゲラゲラ笑い出した。

「うっせぇぞっ！」

クラスの男子が窓《まど》から怒鳴《どな》る。

その声を聞いて、またまたおかしくなってしまった。

ふたりで抱《だ》き合《あ》い、ひとしきり笑った後に夏子《なつこ》が聞いた。

「そんで？　どうしたの？　王子様……」

「えー？　なんでもないよ。ただ、今日《きょう》の放課後、データの整理してって。それだけ」

「ふううん、いいじゃんいいじゃん!!　いい感じじゃん！」

「そっかなぁ??　そんなことないってば」

と、口では否定《ひてい》しておいて、未来《みく》は「クフフフ……」と笑いがこみあげてしかたなかった。

六年の男子にひやかされたのはイヤだったが、そんなことはどこかに消えていた。

楓陽館《ふうようかん》には、バスケットボール部、パソコン部、卓球《たっきゅう》部、絵画部など、十種類の部活がある。

まぁ、だいたい中学や高校に比《くら》べ、あまり熱心にはやらない。それ以上、授業《じゅぎょう》時間を削《けず》るわけにいかないというのが理由なんだそうだ。

未来《みく》が入った部は、「新聞部」。

といっても、フタを開けてみると、なんと部員は未来《みく》を入れて二名しかいなかった！

担当《たんとう》の先生は、社会科の国橋《くにはし》先生だが、彼《かれ》はバレーボール部も兼任《けんにん》している。そっちのほうが忙《いそが》しくて、新聞部にはあまり顔を出してくれない。

よくまぁ、そんな部が存続《そんぞく》しているものだと不思議だったが、理由はよくわからない。

今どきの小学生が、授業《じゅぎょう》でもないのにわざわざ新聞部に入って、めんどくさい取材や原稿《げんこう》書きをするとは思えない。

昔から集まりが悪く、去年までは一名しかいなかったそうだ！

未来《みく》は文章を書くのも好きだし、写真を撮《と》ったりするのも好き。父親が小学生向けの小さな新聞社の副編集長《へんしゅうちょう》だということもあって、ごく自然に入部した。

さて。

そのたった一名しかいなかった部員。

それが、さっき登場した王子様、渋沢拓斗《しぶさわたくと》なのだが……。

「んもう。おっそいなぁ！」

未来《みく》は口に出して言ってみた。

誰《だれ》もいない部室に自分の声が響《ひび》いて、ちょっとびっくりした。
もう授業《じゅぎょう》も終わって、さっさと後片付《あとかたづ》けもすませ、いそいそやってきたというのに。
ちっとも来やしない。
あぁーあ、今日《きょう》はここでデータの整理するって言ってたのになぁ。
わたしじゃ、どのファイルかわかんないし。
未来《みく》は、ぼんやりと机《つくえ》の上のパソコンを見つめていた。
新聞といっても、インターネット上で見ることができるウェブ新聞なのだ。
写真《しゃしん》やイラストを取りこんで、編集《へんしゅう》する作業もすべてパソコンでする。
しかし、残念ながら未来《みく》にはパソコンの

使い方がまだサッパリわからない。

これが紙の上の資料《しりょう》を整理するのなら、ひとりでもやっていられるのだが、すべてのデータはパソコン内におさまっているわけで。こうなると、手も足も出ない。

しかたないなぁ。今日《きょう》の宿題でもしよっかな。

……と、未来《みく》が算数のノートを広げた時だ。

がたつく木製《もくせい》の古いドアをなんとか開け、拓斗《たくと》が登場した！

彼《かれ》は黒縁《くろぶち》の眼鏡《めがね》をいつものように、頭に押《お》し上げてかけ、少し驚《おどろ》いた顔で未来《みく》を見た。

「あれ？　未来《みく》くん、なぜいるんですか？」

この一言に、未来《みく》は持っていた鉛筆《えんぴつ》を取り落としそうになった。

それはなんとか持ちこたえたが、口をとがらせ、断然抗議《だんぜんこうぎ》した。

「拓斗《たくと》さん、だって、今日《きょう》はウサピョンの記事をまとめなくちゃいけないとかで、写真とかのデータ整理があるから絶対《ぜったい》残ってくれって、昼休み、わざわざうちのクラスまで来てくれたじゃないですかぁ!?」

なんだその「あれ？　未来《みく》くん、なぜいるんですか？」というのは。

「……………!?」

黒い手提《てさ》げ鞄《かばん》を机《つくえ》の上に無造作《むぞうさ》に置き、パソコンの前に座《すわ》った。

拓斗《たくと》はようやく思い出したらしく、「ああ、そっかそっか」と、ひとりで合点《がてん》しながら、

手を腰《こし》に置き、プクっと頰《ほお》をふくらませて横に立っていると、拓斗《たくと》はまぶしそうに未来《みく》を見上げた。

「いやぁ、ごめんごめん。ちょっと勘違《かんちが》い。あるでしょ？　勘違い。ははは」

3

まぶしいほど白いシャツの袖《そで》をめくりあげ、なれた手つきでパソコンの電源《でんげん》を入れる。

拓斗《たくと》の天才ぶりは、学校中に知れ渡《わた》っている。

噂《うわさ》ではすでに英検の一級も取っているほどの秀才《しゅうさい》なんだそうだし。

今まで、何度も不可思議《ふかしぎ》な事件《じけん》を解決《かいけつ》してきた天才でもある。まぁ、事件といっても、殺人事件や誘拐《ゆうかい》事件のような大げさなものではない。それでも学校や地域《ちいき》では有名だった。

なんでも、隣《となり》の銀杏《いちょう》が丘《おか》にも『茜崎夢羽《あかねざきむう》』という天才少女がいて、やはり数々の事件を解明しているんだとか。

いずれは、ふたりの対決もあるのではないか⁉　と、生徒たちは勝手に噂《うわさ》し合っている。

拓斗《たくと》の母親は若《わか》い頃《ころ》から人気モデルで、最近も中年女性《じょせい》向けの雑誌《ざっし》の表紙を飾《かざ》ったりするような人なんだとか。

数々の伝説が彼《かれ》には優雅《ゆうが》につきまとっているわりに、一見、とても気さくで、優《やさ》しい。

当然、女子から絶大《ぜつだい》な人気を誇《ほこ》っているが、しょせん高嶺《たかね》の花だと、誰《だれ》もがあきらめているような男の子なのである。

では、その拓斗《たくと》がやっているウェブ新聞の新聞部に、なぜ未来《みく》以外部員がいないのか。

それは、拓斗《たくと》の少々……いや、そうとう変わった性格《せいかく》によるものが大きい。

自分の興味《きょうみ》があるもの以外、全く頭に入らなくなるため、未来《みく》にした約束を忘《わす》れたように、決して悪気はないのだが、興味のないことは完全に忘れる。

入部した部員の名前を何度聞いても忘れ、しまいに、一か月も経《た》った後、「初めまして」と挨拶《あいさつ》したり。

話している最中でも、いきなりその話を中断《ちゅうだん》し、まったく違《ちが》う話を始めることもよくある。

せっかくバレンタインにもらったチョコレートをプレゼントしてくれた相手の目の前に置き忘れてしまったこともある。

結局、拓斗《たくと》はどうしようもない変人だというレッテルが貼《は》られた。

拓斗《たくと》目当てで入部する女子は後を絶《た》たないのだが、だいたいは数日でやめていく。

その変人につきあえるのは、やはりそうとうの変人だろうと……。

冗談《じょうだん》じゃないよ！　わ、わたしは普通《ふつう》よ。変人じゃないもん！

と思う未来《みく》なのだが、最近、さすがに自分も変人なのかもと自覚し始めていた。それほど拓斗《たくと》の言動は変わっている。それにだんだんと順応《じゅんのう》していく自分も不思議でならない。

なんでもいいけど、データの整理、いつになったらするんだろうなぁ……。

ゆうに十五分は経《た》っているのだが、拓斗《たくと》はずっと黙《だま》ったままパソコンに取りくんでいて、未来《みく》の存在《そんざい》すら忘《わす》れているようだ。

いや、本当にまた忘れられちゃったのかも。

あぁーあ、帰っていいのかなぁ……。

なんてチラっと思ったりもするのだが、ただ黙《だま》ってこうして、拓斗《たくと》の端整《たんせい》な横顔を見ているだけで幸せだったりもする。

だって、本当にすっごくかっこいいんだもんなぁ。

未来《みく》は、ついつい想像《そうぞう》してしまう。

いつか大人《おとな》になって、自分はキリっとスーツとか着こなしてる秘書《ひしょ》なのだ。拓斗《たくと》は弁《べん》護士《ごし》とか青年実業家とか。

ビシっとダークスーツを着こなし、トレードマークの白いシャツもピンとしている。拓斗《たくと》の右腕《みぎうで》である未来《みく》は、資料《しりょう》などを整理する天才である。彼女《かのじょ》がいなければ、さすがの彼《かれ》もお手上《てあ》げなのだ。

みんなが感心する。

「あんなに難《むずか》しい人とよくまぁ仕事ができるものだ」

「それも、あんなに呼吸《こきゅう》ぴったりなんて！」

「さすがは小学生の頃《ころ》からの名コンビだな!!」

なんちゃって。むふふふ☆。

……と、未来《みく》がいつものように妄想《もうそう》をふくらませていると、拓斗《たくと》がふいに顔を上げた。

「そうだ。未来《みく》くん」

「え？　は、はい。なんでしょう？」

つい秘書《ひしょ》みたいな返事をしてしまい、未来《みく》は顔を真《ま》っ赤《か》にした。

でも、そんなことに気づく拓斗《たくと》ではない。

「次の新聞のネタなんですが」

黒縁《くろぶち》の眼鏡《めがね》をかけ、未来《みく》をまっすぐ見つめた。

う、うわぁ！

す、すっごくかっこいい……。

もしかして、眼鏡から光線が出てるのかと思うくらい、未来《みく》はクラクラっとした。

もちろん、拓斗《たくと》は関係なしに話を続けた。

4

「うちの学校の七不思議でいこうかと思ってるんです。毎回、ひとつずつ紹介《しょうかい》していけば、七回シリーズになるでしょ？　うんうん、我《われ》ながらいいアイデアだ!!」

未来《みく》は、自画自賛《じさん》している拓斗《たくと》に聞いた。

「あ、あの……七不思議って、どういうんですか？」

「え？　だから、まぁ、一番有名なのは本所《ほんじょ》ですね」

「本所《ほんじょ》!?」

「そう。江戸《えど》……つまり、東京《とうきょう》のね」

「あ、江戸《えど》くらいはわかります。えーっと、江戸《えど》時代ですよね？　水戸黄門《みとこうもん》のいた……」

「まぁ、大ざっぱに言えばね。当時、東《とう》京《きょう》の下町、本所《ほんじょ》って所には七不思議があったんです……」

拓斗《たくと》は眼鏡《めがね》のフレームをキリっと上げた。

「一番有名なのは、『置《お》いてけ堀《ぼり》』でしょうね」

「『置《お》いてけ堀《ぼり》』??」

「そう。今の錦糸町《きんしちょう》あたりにあった堀《ほり》……つまり、池らしいけど。そこで釣《つ》りをして、釣った魚を持って帰ろうとすると、どこからか『置いてけ〜、置いてけ〜』と声がするんだそうです」

拓斗《たくと》が言葉を切ったと同時に、未来《みく》はごくりと喉《のど》を鳴らした。

「……で、魚を入れたビク……カゴですよね、それを見てみると、いつの間にか魚が全部なくなってしまってるという……」

「へぇー！　その人、よっぽど魚が好物なんですね」

青い顔のまま、未来《みく》がとんちんかんな返事をすると、拓斗《たくと》の目が点になった。

しかし、また気を取り直して、続きを話した。

「他には『消えずの行灯《あんどん》』とか『足洗い屋敷《あしあらいやしき》』とか、合計七つから八つ、謎《なぞ》があったとされてるんです」

「へぇー!!」

「で、七不思議があるのは何も本所《ほんじょ》に限《かぎ》ったことじゃなく、世界中でも言われてるし、日本《にほん》のアチコチでも言われてるんです。だから、この学校にあったって、ちっとも不思

議じゃないでしょう?」

「そうですね! で、あるんですか⁇」

そんな話はちっとも知らなかった。

未来《みく》が期待に満ちた目で聞くと、拓斗《たくと》はあっさり答えた。

「そんなの、ありませんよ!」

「えええええ――――?」

思わず立ち上がって、大きな声を出したもんだから、拓斗《たくと》はびっくりした顔で言った。

「い、いやぁ、まぁですね。学校の七不思議といったら、だいたいは決まってます。『誰《だれ》もいないのに鳴り出すピアノ』とか『午前〇時になると、知らない人が映《うつ》っている鏡』とか『誰もいないはずなのに、ノックを返すトイレ』とか」

「ひぃぃ! そ、そんなの、うちの学校にあったんですか⁉」

未来《みく》が本気で怖《こわ》がって聞くと、拓斗《たくと》は困《こま》った顔で答えた。

「だから言ってるでしょ? そういうのはないって」

だぁぁぁぁっと脱力《だつりょく》。

椅子《いす》に座《すわ》りこんで、拓斗《たくと》を軽くにらむと、彼《かれ》は苦笑した。

「まぁまぁ。でも、そういうのがうちにもあったらおもしろいでしょ？　みんな興味《きょうみ》持つと思いませんか？」

「まぁ、そりゃそうですね……うんうん、そうかも！」

みんななんだかんだ言って、怖《こわ》いもの見たさってあるもの。

未来《みく》が賛成《さんせい》すると、拓斗《たくと》はうれしそうに笑った。

「ちょっと考えてみたんですが……さっきの三つはいいと思うんです」

「ピアノと鏡とトイレ……ですか？」

「そそ。あと、四つ考えなきゃ。未来《みく》くん、何か思いつきませんか？」

「えーっとぉー……」

未来《みく》はあごに人差し指をつけ、目は天井《てんじょう》というスタイルでしばらくいた。

「わかった！　建物が沈《しず》んでいくっていうのは⁇」

「建物が沈んでいく？」

「はい。三階だったのが二階に、十階が九階に、いつの間にかなってしまうんですよ！」

「そ、それはすごい……！」

「でしょ!?　でしょ!?」

意外と拓斗《たくと》が驚《おどろ》いてくれたので、未来《みく》はうれしかった。でも、これは前に見たミステリードラマのなかの話だ。

拓斗《たくと》は腕組《うでぐ》みをして言った。

「でも、ちょっと……現実的《げんじつてき》じゃなさすぎますねぇ……」

「えー？　だめですか？」

「はい、残念ながら。こういう七不思議のいいところは、すごくさりげなくて、いかにもありそうなんだけど、でも、本当にあったら、すごく怖《こわ》いってところなんですよ!!」

「なるほどー!!」

たしかに、ピアノがひとりでに鳴り出すなんて、そんなに大変なことじゃないみたいだけど、実際《じっさい》にあったら怖い！

想像《そうぞう》するだけで、背筋《せすじ》がゾゾっとする。

じゃ、他にどんなことがあるだろう……？　と、考え始めた時だった。

ガタガタとドアを開け、男子がひとり息を切らせ、かけこんできた。

「お、おい、拓斗《たくと》、来てくれ！　大変だ」

5

未来《みく》は、その男子の顔を見て「あっ！」と声をあげてしまった。

糸のようにつり上がった細い目。そう、昼休み、未来《みく》と拓斗《たくと》のことをひやかした……彼《かれ》だ！

未来《みく》は、ついついきつい目でにらんでしまった。

しかし、彼《かれ》は未来《みく》のことなど眼中《がんちゅう》にないらしい。大きく息をつきながら、拓斗《たくと》の前

に立った。

「ん、小松《こまつ》くん。どうしたんですか？」

拓斗《たくと》は黒縁眼鏡《くろぶちめがね》をまた頭の上に押《お》し上げ、不思議そうに見上げた。

小松悟《こまつさとる》といって、拓斗《たくと》と同じクラス。バスケットボール部に所属《しょぞく》している。

そのせいか、今も体操着姿《たいそうぎすがた》だった。

小松《こまつ》は目を引きつらせ、拓斗《たくと》に言った。

「栗林《くりばやし》がぶっ倒《たお》れてるんだ。体育準備室《じゅんびしつ》で」

「気分でも悪くなったんですか？」

「わ、わかんねえ。とにかく、来てくれ。密室になっちまったんだよ！」

「密室《みっしつ》？」

その言葉に、拓斗《たくと》は眉《まゆ》を上げた。

未来《みく》もびっくりした。

密室なんて言葉、小説やアニメのなかでしか出てこない言葉かと思っていたからだ。

とたんに、胸《むね》がドキドキしてくる。

それに、栗林《くりばやし》って……さっきひやかしてった、もうひとりの男子じゃない？

「先生には知らせたんですか？」

拓斗《たくと》が聞くと、小松《こまつ》は首を左右に振《ふ》った。

「いや、とりあえずおまえに見てもらおうと思ってさ。おまえなら、こういう難事件《なんじけん》は解決《かいけつ》できるんだろ？　小学生探偵《たんてい》なんだしな」

なんだか嫌《いや》みな言い方。

未来《みく》は、小松《こまつ》をもう一度にらんだ。

でも、なんだかんだ言って、結局、拓斗《たくと》を頼《たよ》りにしてるんだなぁとも思った。

それに、当の拓斗《たくと》はまったく気にしてないようすで、早速《さっそく》、席を立ち、部室を出ていった。

もちろん、未来《みく》もいっしょについていく。

体育準備室《じゅんびしつ》は、体育館の一階にある。

拓斗《たくと》たちがいた校舎《こうしゃ》から行くには、校庭を突《つ》っ切って行くのが一番早いのだが、今は雨が強く降《ふ》っている。

濡《ぬ》れずに体育館に行くためには、二階の渡《わた》り廊下《ろうか》を歩いていく必要がある。

「そうだ。未来《みく》くん」

渡り廊下を歩いている時、急に拓斗《たくと》が振《ふ》り返った。

「え？　なんですか？」

薄茶色《うすちゃいろ》の目に見つめられると、ドキドキしてしまうのはしかたないことだと思う。

密室《みっしつ》についての話かも!?

もしかしたら、今度のウェブ新聞の取材!?　と、緊張《きんちょう》したというのに……。

拓斗《たくと》はニコっと笑って言った。

「台風って、英語でなんて言うか知ってますか？」

「え？　し、知らないです！」

「タイフーン」

「え？」

「ほんとですよ。ダジャレじゃなくって、本当に『タイフーン』って言うんです。ま、正確《せいかく》にいうと、熱帯低気圧《ていきあつ》のうち、最大風速が約十七メートル以上のものを『台風』というんだけど、なかでも約三十三メートル以上のものを『タイフーン』と呼《よ》ぶそうですよ。おもしろいでしょ？　偶然《ぐうぜん》にしてはできすぎてると思いませんか？」

おもしろいことはおもしろいけど。でも、今、そんなことのんきに話してる場合じゃないんでは？

未来《みく》は気が気ではない。

案《あん》の定《じょう》、小松《こまつ》がイライラした口調で言った。

「おい！　くだらないこと、くっちゃべってる暇《ひま》、あったら急げよ！」

でも、拓斗《たくと》はちっともこたえてないようすで、

「この前、アメリカに被害《ひがい》を出したのはハリケーン。土地によって言い方が違《ちが》うだけで、

やっぱり同じものです」

と、さらに豆知識《まめちしき》を披露《ひろう》し、パチっとウィンクした。

未来《みく》は思った。

やっぱりこの人、変わってる！

6

「あっ……！」

未来《みく》は声をあげた。

廊下《ろうか》を三人で急いでいる途中《とちゅう》、未来《みく》のクラス担任《たんにん》の菅原《すがわら》がいたからだ。

青い顔をして、ひょろっとした体形。見るからに暗そうで、あまり生徒たちから人気がない。未来《みく》も苦手なほうだから、思わず下を向いた。

菅原《すがわら》は未来《みく》たちが来たので驚《おどろ》いたようだが、それだけで何も言わない。床《ゆか》に置いたバケツをどかしたりして、何か探《さが》しものをしているようすだった。

小松《こまつ》も、菅原《すがわら》に何か言うつもりはないようだった。

軽くうなずくようにして会釈《えしゃく》し、廊下《ろうか》を急ぐ。

窓《まど》にたたきつけるように雨が降《ふ》っている。

まだ三時過《す》ぎだというのに、日没後《にちぼつご》のような暗さだった。

未来《みく》は思った。

台風《たいふう》……だいぶ近づいてきてるのかな？


体育準備室《じゅんびしつ》は男女の更衣室《こういしつ》の隣《となり》にあって、ボールやネットなどの用具室になっている。

六畳《ろくじょう》ほどの小さな部屋《へや》で、奥《おく》の壁《かべ》の高いところに小さな窓《まど》がひとつある。ドアは入れ違《ちが》いの引き戸二枚《にまい》になっていて、上部にガラス窓があった。

拓斗《たくと》たちが到着《とうちゃく》した時、その前に何人かの生徒たちがいた。

みんな放課後、残っていたような連中だ。

不安げに顔を見合わせていたが、拓斗《たくと》が現《あらわ》れたとたん、全員が注目した。

体育教師《きょうし》の上田《うえだ》もいた。

さっき小松《こまつ》は先生にはまだ知らせていないと言っていたが、誰《だれ》かが呼《よ》んだらしい。

上田《うえだ》を見て、小松《こまつ》は大いにびっくりしたようだった。

「おう、渋沢《しぶさわ》か。よく来てくれた。今、ドアを壊《こわ》すかどうしようか迷《まよ》ってたんだ」

上田《うえだ》は弱りきったという顔で振《ふ》り向いた。

三十歳《さんじっさい》くらいの若《わか》い教師で、さほど背《せ》は高くない。体育教師らしく筋肉《きんにく》は程《ほど》よくついていて、さわやかな感じだ。

手元にはジャラジャラと鍵《かぎ》がある。

「鍵、開かないんですか？」

階段《かいだん》を下りていきながら、拓斗《たくと》が質問《しつもん》すると、上田《うえだ》は何度もうなずいた。

「どうやら、なかから鍵をかけているらしい。外からかける鍵はかかってなかったようだ」

その一言に、拓斗《たくと》は「ふむ……」とあごに手をやり、小さく首を傾《かし》げた。

このポーズがまたまたかっこいい!!

未来《みく》は、ボーっと見ほれながらも、ドアの窓《まど》からなかのようすをのぞきこんだ。

マットや跳《と》び箱《ばこ》が並《なら》んでいるのが見えるが、その跳び箱の前、ドアのほうに頭を向け、床《ゆか》の上にあおむけに大の字にひっくり返っている男子がひとり。

やっぱりあいつだ！

小松《こまつ》とひやかしてった男子だ。

栗林《くりばやし》裕《ひろし》といい、その名の通り、クリっとした目に太い眉毛《まゆげ》なのが特徴的《とくちょうてき》。でも、今はその目も閉《と》じて、ピクリともしない。

「うっそー！　い、生きてるよね⁇　あの人……」

未来《みく》が思わず正直な感想を言うと、上田《うえだ》が青い顔で首をブルブルっと振《ふ》った。

「おいおい、縁起《えんぎ》でもないことを言うな！　さっき少しだけ動いたから、生きてるのは間違《まちが》いないんだから!!　な、そうだよな。おまえらも見ただろ⁇」

その辺にいる運動部の連中に確認《かくにん》する。

しかし、彼《かれ》らはみんなあいまいな感じで首をひねった。

「つかぁぁぁ!!　なんだよ、おまえら。あぁあ、やっぱりこのドアをブチ壊《こわ》すしかないな！」

上田《うえだ》が頭を抱《かか》えている横で、ドアをしばらく眺《なが》めていた拓斗《たくと》が彼《かれ》に言った。

「このドア、ドアごとはずせるんじゃないですか？　みんなで手伝《てつだ》えば、なんとかなりそうですよ」

7

「え⁇」

びっくりした顔で拓斗《たくと》を見る上田《うえだ》。

つまり、引き違《ちが》い戸を二枚《にまい》ごとはずしてしまうというものだ。

ずいぶん苦戦はしたが、力の強い運動部の連中が力を合わせたので、めでたくはずすことはできた。

ずいぶんいい加減《かげん》な造《つく》りだ。

こんな騒《さわ》ぎになっているのに、栗林《くりばやし》はまだぐったりと意識《いしき》を失ったままだ。

「おいおい、栗林《くりばやし》ぃ!!」

小松《こまつ》が青い顔でダッシュする。

上田《うえだ》も走り寄《よ》った。

跳《と》び箱《ばこ》の前で、大の字になって、ぐったりしていた栗林《くりばやし》を見て、上田《うえだ》はホっと胸《むね》をなで下ろした。

ちゃんと息をしていたからだ。

もちろん、そんなめったなことはめったにないだろうとは思っていた。

しかし、昨日《きのう》、密室《みっしつ》殺人もののミステリードラマを見たばかりだから、ついそんなことを未来《みく》が考えてしまったのもしかたない。

とりあえず保健室《ほけんしつ》に運び、ようすを見て、救急車《きゅうきゅうしゃ》を呼《よ》ぼうと判断《はんだん》した上田《うえだ》だったが、彼《かれ》が栗林《くりばやし》を抱《だ》き上げようとした時、当の本人が目を覚ました。

大きなクリっとした目を見開き、いったい何が起こったのかとあたりをあわてて見回す。

「栗林《くりばやし》!!　だいじょうぶか??」

小松《こまつ》が今にも泣き出しそうな顔で聞く。

「おう、栗林《くりばやし》、気がついたか!　よかったよかった」

上田《うえだ》も心底安心した顔。あまりに安心したので、力が抜《ぬ》けたのだろう。その場に座《すわ》りこんでしまった。

彼《かれ》は体育教師《きょうし》だが、けっこう気が小さいところがある。

「んん……ん、だ、だいじょうぶだけど。オ、オレ、どうしてた……の？」

栗林《くりばやし》はわけがわからないという顔。

みんな思わず大笑いした。

上田《うえだ》は「勘弁《かんべん》してくれよ！」という調子で言った。

「どうしてたの……？　じゃないぞ。先生、心臓《しんぞう》がどうかなるかと思った」

「す、すみません」

「どうだ？　どこか痛《いた》むか？」

「い、いいえ、別になんとも……」

しきりに頭をかく栗林《くりばやし》に、上田《うえだ》はヤレヤレと苦笑した。

そんな騒《さわ》ぎの横で、拓斗《たくと》はドアを調べたり床《ゆか》を調べたりしては、「ふむ……」と、お得意のポーズをしていた。

「拓斗《たくと》さん、何かあったんですか？」

『捜査《そうさ》』のジャマになってはいけない。でも、好奇心《こうきしん》のほうが勝ってしまい、おそるおそる未来《みく》は聞いた。

すると、彼《かれ》は眠《ねむ》たげな目で未来《みく》を見下ろし、また「ふむ……」と、首を傾《かし》げた。

それだけで、また床《ゆか》を見たり、跳《と》び箱《ばこ》のほうを見たり……。

「ほやっ……??」

未来《みく》も首を傾げた。

どうやら、拓斗《たくと》は未来《みく》を見ているようで、見ていないようだ。

ふわふわっとした天然ウェーブの髪《かみ》を時おりクシャクシャっとかきむしったりして。

ふいに、未来《みく》に言った。

「未来《みく》くん、そこ、チョコボールが落ちてますよ」

「ええ??」

急に何？　と、未来《みく》は足下を見た。

たしかに、黒くてコロっと丸いものが落ちていた。

「あ、ホントだー!!」

未来《みく》はうれしそうにソレをつまみあげた。

もちろん、落ちているチョコボールを食べるわけもない。条件反射《じょうけんはんしゃ》で、ちょっと喜ん

でしまっただけだ。

それに、拾ってみたら、ただのゴミみたいなもんだというのがわかった。

「拓斗《たくと》さん、これ違《ちが》いますよ！　チョコボールなんかじゃないです！」

がっかりした声で言い、つまみあげたソレを拓斗《たくと》に見せると、彼《かれ》は「ふむふむ……」

と観察した。

……でも、それだけ。すぐにまた別のものに興味《きょうみ》が移《うつ》ったようだった。

んもう！

本当に変わってる人だ。

「しっかし、どういうことだろうな。鍵《かぎ》はかかってたんだろ、なかから。これじゃ、完《かん》
璧《ぺき》に密室《みっしつ》じゃないか」

運動部のひとりが言った。

「え？　だって、栗林《くりばやし》がドアを内側から閉《し》めてから、倒《たお》れたのかもしれないじゃないか」

彼《かれ》の友達《ともだち》らしい男子が聞くと、最初の男子が反論《はんろん》した。

「いや、違《ちが》うよ。だって、オレは見たんだぜ？　やつが倒《たお》れるところ」

「ほ、ほんとかよ？」

「ああ。廊下《ろうか》から。そん時はまだこのドア、開いてた。ほら、小松《こまつ》、おまえ、栗林《くりばやし》といっしょにいたんだよな？」

そう聞かれ、小松《こまつ》は青い顔でうなずいた。

その言葉を聞き、拓斗《たくと》が顔を上げた。

「それ、本当ですか？」

名探偵《めいたんてい》と名高い拓斗《たくと》から質問《しつもん》され、その男子は顔を真《ま》っ赤《か》にした。

「あ、ああ！　ちゃんと見た。急にフラフラっとなって倒《たお》れたんだ。で、小松《こまつ》が誰《だれ》かを呼《よ》びに行って、オレは上田《うえだ》先生《せんせい》を呼びに行ったんだ……ということは、その時、ドアは閉《し》まってなかったってことだろ？」

「そうですか。小松《こまつ》くん、その通りですか？」

拓斗《たくと》に聞かれ、小松《こまつ》もしどろもどろで返事をした。

「あ、ああ……そ、そうだ」

「じゃあ、その時、ドアは閉《し》めましたか？」

「ド、ドア……?? ど、どうだっただろう……よく覚えてないな」

と、しきりに頭をかきむしる。

「い、いや、特に閉《し》めた覚えはないけど」

すると、拓斗《たくと》はさっきの運動部の男子に聞いた。

「君は見ませんでしたか？　ドアが閉《し》まるところ」

「うーん……そういや、最初から閉まってた気もするな」

「それはおかしいですねぇ」

「ど、どうしてだよ!!」

拓斗《たくと》にきっぱり言われ、男子はムっとした顔で聞いた。

拓斗《たくと》は静かな口調で言った。

「なぜなら、だとすれば、どうやって廊下《ろうか》から栗林《くりばやし》が倒《たお》れたところを目撃《もくげき》できたかということになります。さっき君が言ってた通り、彼《かれ》が倒れた時はドアが開いていて、誰《だれ》でも見ることができたんでしょうね。でも、小松《こまつ》がぼくを呼《よ》びに来てもどった時、ドアは閉《し》まっていて、しかも内側から鍵《かぎ》がかかってたわけです」

その説明を聞いて、未来《みく》は背中《せなか》がゾワっとなった。

だって、だって、それってまるで……誰かのしわざみたいじゃないか!?

何のためにそんなことをしたんだろう?

「栗林《くりばやし》くんは覚えてますか?」

急に聞かれ、栗林《くりばやし》はオドオドと大きな目を動かした。

「な、な、なにを、だ!?」

「つまり、なぜ倒れてしまったか……をです」

「なぜ倒れてしまったか……だとおぉ⁉」

そんなことを聞いてもしかたないだろうなぁと思っていたら、栗林《くりばやし》は青くなったり赤くなったりして、イライラと指をかみ始めてしまった。

もしかして、彼《かれ》はなぜ自分が倒《たお》れたのかもわからないのでは⁉

未来《みく》はそう思ったが、それははずれていた。

栗林《くりばやし》は小松《こまつ》と顔を見合わせたりしていたが、急に思い出したようだ。自分がいったいなぜ倒れてしまったかを。

「思い出した！　なんか、白い影《かげ》が足下にフワっといきなり現《あらわ》れたんだ！　で、足がもつれて倒れて……」

これには、みんなゾっとした。

白い影とはいったいなんなんだろう⁉　……と。

8

ひとり、マイペースなのは拓斗《たくと》だ。

彼《かれ》は床《ゆか》に落ちていた乾《かわ》いた雑巾《ぞうきん》を拾い上げた。

「きっと君はその白い影にびっくりして、この雑巾を踏《ふ》んでしまったようですね。床に滑《すべ》った跡《あと》がついてます」

そう言われて、栗林《くりばやし》はドングリ眼《まなこ》をパチクリさせた。

たしかに、床《ゆか》には複数《ふくすう》の足跡《あしあと》がついていたが、この雑巾《ぞうきん》でツルっと滑ったらしい痕跡《こんせき》もあった。

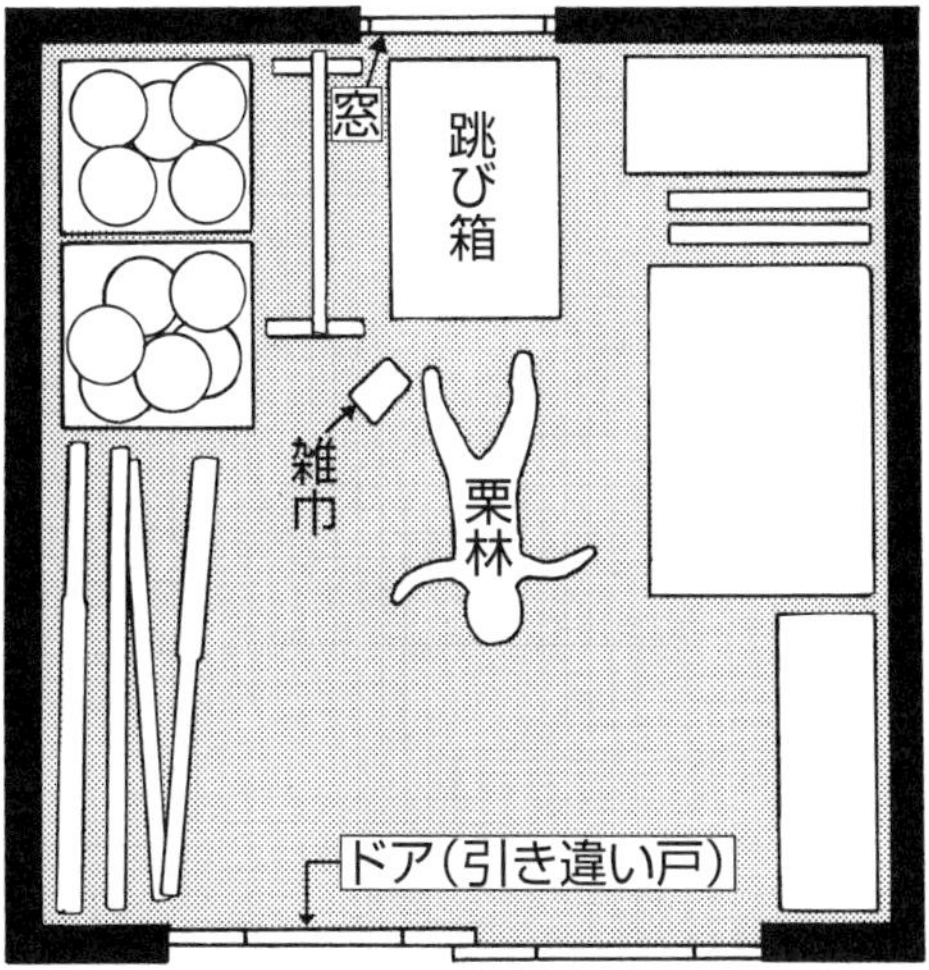

しかし、本人にはその記憶《きおく》がないのだ。

「でも、それじゃ……その白い影《かげ》のせいなのか？　内側から鍵《かぎ》がかかってたっていうのも」

生徒のひとりが聞く。

「そういえばオレが見た時、栗林《くりばやし》はうつぶせに倒《たお》れてなかったか？」

さっき栗林《くりばやし》が倒れたのを、廊下《ろうか》から目撃《もくげき》したという男子が言い出した。

この証言《しょうげん》に栗林《くりばやし》も他の子供《こども》たちもますま

す青くなった。

他の生徒たちも悲鳴をあげ、女の子たちは抱《だ》き合った。

鍵《かぎ》をかけて、密室《みっしつ》にしちゃう白い影《かげ》って……いったいなんなんだろう⁉

未来《みく》もゾクっとなった。

拓斗《たくと》は、雑巾《ぞうきん》を跳《と》び箱《ばこ》の上へ無造作《むぞうさ》に置くと、上田《うえだ》に言った。

「先生、とりあえず、ドアを元通りにしたほうがいいんじゃないですか？」

その言葉に、上田《うえだ》も大きくうなずいた。

「そうだな。このままじゃまずいだろ。ようし、みんな、また手伝《てつだ》ってくれ」

上田《うえだ》のかけ声で、またドアが元通りにはめられた。

「でもさ。考えたら、こうやってドアごとはずせるんだから、密室《みっしつ》じゃないってことだろ？」

男子のひとりが言うと、拓斗《たくと》は首を左右に振《ふ》った。

「まさか。このドアをはずしたり入れたりするには、こうやって何人かでやらなきゃ無理です。そんなことやってたら、誰《だれ》かの目にとまらないはずはないですよ」

キッパリ否定《ひてい》され、その男子は真《ま》っ赤《か》な顔になった。

「べ、別に、オレだって違《ちが》うとは思ったけどさー!!」

食ってかかる男子には目もくれず、拓斗《たくと》の興味《きょうみ》はすでにドアのほうに向けられていた。

内側からの鍵《かぎ》がどうなっているかをていねいにチェックする。

「渋沢《しぶさわ》、何かわかるか?」

拓斗《たくと》には一目置いている上田《うえだ》が聞くと、拓斗《たくと》はにっこり笑った。

「この鍵は、ほとんど使われてませんね。まぁ、そりゃそうです。こんなところのドア、内側から閉《し》める必要なんてないですから」

「まぁ、そうだよな。オレも、ここが内側から閉められるとは知らなかったからな」

「はい。ねじこみ式の鍵なんですが、サビがばっちりついてますね。あぁ、待ってください。指紋《しもん》がついてるでしょうから、触《さわ》らないでください」

つい触ろうとしていた上田《うえだ》があわてて手を引っこめる。

みんな『指紋』という言葉に驚《おどろ》いた。

警察《けいさつ》が調べに来たりするんだろうか。テレビのなかの世界かと思っていたのに。

未来《みく》もびっくりしてしまった。

「うーん、そうだな。やはり生徒がひとり閉《と》じこめられてしまったんだからな。警察《けいさつ》にはいちおう通報《つうほう》するだろうな」

と、上田《うえだ》も認《みと》めた。

すると、拓斗《たくと》があごに手をやり、つぶやくように言った。

「しかし、ひとつわからないのは、小松《こまつ》くんがぼくを呼《よ》びに来た時、なぜ『密室《みっしつ》になった』と言ったかです。密室になったのは、その後の話ですよね？」

その瞬間《しゅんかん》だった。

栗林《くりばやし》と小松《こまつ》が青い顔になり、がっくり肩《かた》を落とした。

そして、彼《かれ》らは泣き出しそうな顔で言ったのである。

「わ、わ、わかったよ！　ちょ、ちょっと……拓斗《たくと》を困《こま》らせてやろうと思っただけだ。ちぇ、おまえ……演技《えんぎ》がうますぎるよ」

小松《こまつ》はそう言うと、栗林《くりばやし》をにらんだ。

栗林《くりばやし》は、大きく手を振《ふ》った。

「ち、ちがう、ちがう!!　ほんとにぶっ倒《たお》れたんだって!　白い影《かげ》が通って……」

「ちぇ、まだそんなこと言って!」

「いや、本当なんだって!!」

内輪もめのようだった。

上田《うえだ》がその間に立ち、ふたりをにらみつけた。

「おいおい、いったいどういうことだ!?　これはおまえらのイタズラか!?」

「え、えっと……その……」

「そうじゃなくって……ほんとなんです……最初はイタズラだったけど」

ふたりがしどろもどろで言い訳《わけ》をしていると、拓斗《たくと》が言った。

「きっと……こういうことじゃないです

か？　小松《こまつ》たちはぼくに密室《みっしつ》クイズを出そうとしたんです。栗林《くりばやし》が派手《はで》に倒《たお》れているところを他の運動部員に見せておいて、小松《こまつ》がぼくを迎《むか》えにくる。でも、もどってみたら、なぜか部屋《へや》は密室になってると。倒れたふりをした栗林《くりばやし》がなかから鍵《かぎ》をかけたんでしょう」

小松《こまつ》たちはウンウンとうなずいた。

「そうそう、そうなんだよ！」

「でも、オレ、鍵を閉《し》めた後、ほんとにぶっ倒れちゃって……。白い影《かげ》は本当だからな！」

と、栗林《くりばやし》が繰《く》り返す。

それを聞いて、拓斗《たくと》は「ふむ……」とうなずいた。

「密室状態《みっしつじょうたい》になってから、栗林《くりばやし》は謎《なぞ》の白い影のせいで、本当に倒れてしまい、しばらく気絶《きぜつ》していたってことになりますね。彼《かれ》の倒れていた向きが不自然でしたからね。ぼくは不思議だったんです。なぜ彼は跳《と》び箱《ばこ》とは反対のほうに頭を向け、大の字に倒れていたのかって。つまり、彼はドアを内側から施錠《せじょう》し、跳び箱にもどっていこうとして……この雑巾《ぞうきん》で滑《すべ》って転んだんです。さっき言ってたでしょう？　最初に見た時と倒《たお》れ方が違《ちが》ってたって」

この話には、先生も生徒もみんなあきれてしまった。

つまり、拓斗《たくと》をおどろかすつもりが、栗《くり》林《ばやし》は本当になかで倒れてしまい、気《き》絶《ぜつ》までしてしまったと。それを知らない小《こ》松《まつ》は、さぞかしびっくりしたことだろう。

「でも、白い影《かげ》って……いったいなんなんだろう」

未来《みく》がつぶやくと、上田《うえだ》が苦笑した。

「そんなの、栗林《くりばやし》の見間違《みまちが》いだ。どうせ、床《ゆか》に落ちてた雑巾を踏《ふ》んで、滑って転んだだけだろう？」

これには、みんな大笑いだ。

小松《こまつ》もしきりと頭をかいて、気まずく笑っている。

しかし、栗林《くりばやし》は首を振《ふ》った。

「ち、ちがうよ！　ほんとなんだ。ほんとに見たんだから！　拓斗《たくと》、ほんとなんだぞ！」

半ば怒《おこ》ったように栗林《くりばやし》が言う。彼《かれ》は拓斗《たくと》には信じてほしいらしい。

こんな手のこんだイタズラをしかけて、密室《みっしつ》の謎《なぞ》が解《と》けなくて困《こま》ってる拓斗《たくと》を見て、楽しもうとしていたのに。

そんなの、勝手すぎるよ！

未来《みく》は口をとがらせた。

でも、拓斗《たくと》はちっとも気にしてないようすで、大きくうなずいた。

「もちろん、それは信じてる。きっといたんだよ、白い影《かげ》が……」

突然《とつぜん》のタメ口。

そう。拓斗《たくと》は、ふだんすごくていねいな口調なのに、急に普通《ふつう》の話し方になることがある。

栗林《くりばやし》は一瞬《いっしゅん》驚《おどろ》いたが、すぐにパッと明るい顔になった。

よほどうれしかったんだろう。拓斗《たくと》の手を取って、「ありがとう、ありがとう」と繰り返した。

それにしても……。

誰《だれ》が言ったのでもなく、拓斗《たくと》がそんなことを言ったので、みんな、またまた背筋《せすじ》がゾっとなった。

✿第二の密室《みっしつ》

1

その日の夜。

未来《みく》は、リビングテーブルで宿題をしようとランドセルを開け、

「あっ!!」

と、思わず大きな声を出してしまった。

算数のノートがない！

そっか。あの密室騒《みっしつさわ》ぎで部室に置いてきちゃったんだ!!

ため息をつき、他のノートで代用することにした。

早速《さっそく》、リビングテーブルに教科書《きょうかしょ》を広げる。

自分の部屋《へや》もあるのだが、やっぱりこっちのほうが落ち着くからだ。

分数の問題をやりながら、窓《まど》をたたく雨音を聞いていると、だんだん眠《ねむ》くなってきてしまう。

コクっコクっと頭をうなだれていると、後ろからいきなり「ワッ!!」とやられた。

「ぎゃぁっ!!」

椅子《いす》から三センチほど飛び上がり、悲鳴をあげた。

後ろでニヤニヤ笑っていたのは、父の博幸《ひろゆき》とトイプードルのノエルだ。

いや、ノエルは別に笑ってたわけではないが、博幸《ひろゆき》の足下でうれしそうにジャンプしていた。

「んもー、パパ、心臓《しんぞう》に悪いよ!!」

未来《みく》が口をとがらせ、頬《ほお》をパンパンにふくらませると、博幸《ひろゆき》はその頬を人差し指でへこませた。

プシュッ！　と息がもれる。

「やめてよ!!　もおお!!」

未来《みく》が怒《おこ》れば怒るほど、博幸《ひろゆき》は大喜びだ。

「ママはまだかい？」

背広《せびろ》を脱《ぬ》ぎ、ハンガーにかけながら博幸《ひろゆき》が聞くと、キッチンのほうから背の高い男がヌっと頭を出した。

「まだだよ。そのうち連絡《れんらく》あんじゃねえ？」

サラサラした黒髪《くろかみ》の彼《かれ》は龍一《りゆういち》。未来《みく》の兄で高校二年生。仕事の忙《いそが》しい父母に代わって、家事のほとんどをやっているという今どき珍《めずら》しい青年だ。

今も膝下《ひざした》まである黒のギャルソンエプロンをして、鋭《するど》い目で半熟卵《はんじゆくたまご》を作っていた。

ドーナツ型にサフランライスを盛《も》り、中央にカレーを入れ、さらにその中央に半熟の卵を入れるという、彼《かれ》考案の『土星《どせい》カレー』が今晩《こんばん》のメニューだったからだ。

「それにしても、雨、よく降《ふ》るなぁ」

楽ちんな部屋《へや》着に着替《きか》えた博幸《ひろゆき》は、新聞を何紙も抱《かか》えてリビングテーブルにやってきた。

プチっとリモコンでテレビをつける。

ちょうど七時のニュースが始まったところだった。

小学生向け新聞の副編集長《ふくへんしゅうちょう》という立場の彼《かれ》は、こうしてテレビや各新聞を見て、今、どんなことが一番話題に取り上げられているのか、常《つね》にチェックしている。

未来《みく》が低学年の頃《ころ》、そんなこと、ちっとも知らなかったから、うちのパパはニュースが好きなんだなぁと思っていた。

彼は新聞を開き、うなった。

「まずいな。このままじゃ、もろに関東上陸だな」

台風のことを言っているのだ。

七時のニュースでも台風情報《じょうほう》が頻繁《ひんぱん》に出る。近年まれに見る大型台風で、特に雨量がすごく、土砂崩《どしゃくず》れなどの被害《ひがい》に注意するよう呼《よ》びかけている。

時々、ババババっと大きな音をたてて、雨が窓《まど》にたたきつける。

しかし、こういう時というのはなぜか心がワクワクするものだ。未来《みく》も、怖《こわ》いなあと思う反面、どこか、キャンプに行く前の日みたいな気分だった。

「未来《みく》！　できたから運ぶ！」

キッチンから龍一《りゅういち》の声が飛んだ。

「はーい!」

料理担当《たんとう》は龍一《りゅういち》だが、運ぶのと簡単《かんたん》な後片付《あとかたづ》けは未来《みく》の担当だ。といっても、龍一《りゅういち》が作った後のキッチンはとてもきれいで、鍋《なべ》やフライパンもきれいになっているし、床《ゆか》もピカピカに磨《みが》いてあった。

未来《みく》が後片付けをすると、水でビチャビチャになり、余計《よけい》に汚《よご》れてしまったりするのだが、龍一《りゅういち》はいっさい文句《もんく》を言わず、後でサッと拭《ふ》き直す。

未来《みく》は、土星カレーをテーブルに運び、サラダをテーブルの中央に置いた。
なみなみと注いだ水をそれぞれに置くと、全員そろって「いただきます!」と頭を下

げた。

「おい、飲むのかよ⁉」

つり上がった目で龍一《りゅういち》が博幸《ひろゆき》に聞く。

博幸《ひろゆき》は手をすりあわせて、猫《ねこ》なで声を出した。

「龍《りゅう》ちゃん、気がきいてるぅ！　さんくす‼」

「気持ちわりーんだよ！」

龍一《りゅういち》はブスっとした顔のまま、冷蔵庫《れいぞうこ》から缶《かん》ビールをひとつ出してきて、博幸《ひろゆき》の前にドンと置いた。

自分は缶コーラのプルトップをプシュっと開け、おいしそうにグビグビ飲んだ。

「いいなぁ。ねえ、未来《みく》は⁉」

でも、龍一《りゅういち》は鋭《するど》い目つきでにらみつけた。

「だめだ。子供《こども》は水が一番」

ぶうぅ……と頬《ほお》をふくらませたが、気を取り直し、スプーンですくい、カレーを頬張《ほおば》る。

未来《みく》のだけは、お子様カレーなので辛《から》くない。

「おいしーい！」

スプーンを振《ふ》り回して未来《みく》が言うと、龍一《りゅういち》はニヤリと笑った。

「あったりめえだろ。ほら、スプーン振り回すな。行儀《ぎょうぎ》悪いぞ！」

カレーを食べながら、未来《みく》は今日《きょう》の「密室事件《みっしつじけん》」を話そうと口を開いた。

「あ、あのね、今日……学校で『密室事件』があったんだよ！」

しかし、同時に、博幸《ひろゆき》が言った。

「そうだ。未来《みく》、『密室クイズ』があるんだが、解《と》いてみてくれないか？」

2

博幸《ひろゆき》のやっている小学生向けの新聞では、よくこういう謎解《なぞと》き問題が出る。それがどの程度《ていど》、難《むずか》しいものなのかをチェックするため、博幸《ひろゆき》は未来《みく》をその実験台にすることが多々あるのだ。

この日も、「密室《みっしつ》クイズ」を出すからと、問題を持って帰っていた。

それは、こういうものだった。


「消えた指輪」


「緑の涙《なみだ》」と呼《よ》ばれる大きなエメラルドの指輪があった。

エメラルドを取り囲むように、周りにもたくさんのダイヤモンドがちりばめられている、大変見事なものだ。

しかし、この指輪を怪盗《かいとう》X《エックス》が狙《ねら》っているという噂《うわさ》があった。

宝石商《ほうせきしょう》の佐々木《ささき》は、その指輪を保管《ほかん》するため、ある特別な部屋《へや》を用意した。

それは、次のような部屋で、入り口のドア一カ所、窓《まど》一カ所だけ（73ページのイラストを見てね）。

その部屋の中央に置かれた机《つくえ》の上にある箱のなかに指輪をしまい、箱にもしっか

り鍵《かぎ》をかけた上で、ガードマンふたりとその部屋《へや》を出た。

ドアの鍵は三カ所。

ふたりのガードマンがそれぞれ鍵をひとつずつ、そして、佐々木《ささき》が三つ目の鍵をお互《たが》いに確認《かくにん》し合いながらかけた。

その後、三人がひとつずつ鍵を保管《ほかん》した。

もちろん、窓《まど》にも、しっかりと内側から鍵がかかっている。

しかし、翌日《よくじつ》……。

指輪を確認するため、先のガードマンふたりといっしょにドアの鍵を開け、部屋のなかに入った佐々木《ささき》は、箱を開けて、驚《おどろ》きの声をあげた。

あるはずの指輪がなくなっていたか

らだ!!

もちろん、窓《まど》の鍵《かぎ》も、ドアの鍵もそのままだし、机《つくえ》の上の箱にも鍵がかかっていた。

部屋《へや》は、完全な密室《みっしつ》だというのに。

しかし、その時、怪盗《かいとう》X《エックス》の行方《ゆくえ》を追っていた名探偵《めいたんてい》ムーチョは、ものの三分で謎《なぞ》を解《と》いてしまった!

さぁ、君も挑戦《ちょうせん》してくれたまえ。

この密室の謎を。どうやって、犯人は指輪を部屋から盗《ぬす》み出《だ》すことができたのだろう?


「……とね。こういうクイズなんだが。どうだい? 未来《みく》。わかるかい?」

博幸《ひろゆき》に聞かれ、未来《みく》は首をひねった。

どれどれ……と首をつっこんできたのは、龍一《りゅういち》だ。

だが、彼《かれ》はすぐゲラゲラ笑い出してしまった。

「なんだよ、この名探偵《めいたんてい》ムーチョってのは。ちっとも名探偵ぽくないじゃんか。それに、なぜ部屋《へや》に窓《まど》なんかあんだよ！　特別に用意したんだろ？　怪《あや》しすぎるぜ！」

その言葉に、未来《みく》は「あっ！」と声をあげた。

「こら、これは小学生向けのクイズで……おまえのような高校生相手じゃないんだからな！」

と、文句《もんく》を言いかけていた博幸《ひろゆき》が「え？」という顔で未来《みく》を見る。

未来《みく》は自信なさそうに首を傾《かし》げた。

「あ、あの……もしかして、窓、全部取っちゃったとか？」

「…………！」

博幸《ひろゆき》は目をまんまるにして、口をポカンと開けた。

しばらくして、心底、感心したように言った。

「……す、すごい。未来《みく》。正解《せいかい》だよ！」

これには、未来《みく》のほうこそビックリだ。

「う、うそ！　ほんとにー!?」

未来《みく》は思い出したのだ。

今日《きょう》、体育準備室《じゅんびしつ》の密室《みっしつ》を拓斗《たくと》がいとも簡単《かんたん》に解決《かいけつ》してしまったことを。鍵《かぎ》のかかった引き違《ちが》い戸をそっくりそのままはずしてしまった……あの方法だ。

「いやぁ、すごいな、未来《みく》は。さすが、オレの娘《むすめ》だ。この問題、編集部《へんしゅうぶ》の人間もわからなかったんだぜ？　ははは。実はパパもな、鍵を忘《わす》れて家に入れずに困《こま》った時、そうやってなかに入ったもんだ」

博幸《ひろゆき》が笑って、ビールを飲んだ。

同じようにコーラをラッパ飲みした龍一《りゅういち》が苦笑した。

「でもさ。それ、今じゃ通用しねえぜ？」

「どういうことだ？」

博幸《ひろゆき》が聞き返す。

「だって、それってオヤジが子供《こども》の頃《ころ》の話だろ？　今どきの家のサッシ、外からそっくりそのまま取りはずせたりなんかしねえって。ま、未来《みく》んとこの学校はオンボロ校舎《こうしゃ》だからな。ありえるけど」

「むぅっ！」

博幸《ひろゆき》は、せっかくのクイズの答えにケチをつけられ、口をへの字にした。

実はこの問題、博幸《ひろゆき》自身が考えたものだったからだ。

「い、いいんだよ！　あくまでも、これはクイズなんだから!!　ともかく、本当によくわかったな、未来《みく》！」

未来《みく》は得意げに話そうとした。

「あ、あのね……実は……」

しかし、その時、ちょうど電話がかかってきた。

「おっと……。ママかな？」

博幸《ひろゆき》はうれしそうに立ち上がり、いそいそと電話に出た。
愛妻家《あいさいか》なのだ。
「ああ、ママか!? うんうん……そう、そうか……じゃあ、まぁ、しかたないなぁ
……」
途中《とちゅう》から、あきらかにがっかりした声。
「きっと今日《きょう》も遅《おそ》いんだね、ママ」
未来《みく》がカレーを頬張《ほおば》りながら言うと、龍一《りゅういち》もカレーをスプーンですくって苦笑した。

3

未来《みく》は、このクイズを拓斗《たくと》に出そうと思いつき、今からワクワクしていた。
新聞に、こういう密室《みっしつ》クイズのようなのを出すのもいいなぁと思ったのだ。
今日《きょう》、あんな事件《じけん》が起こったばかりだし、きっと興味《きょうみ》を持ってくれるだろう。
未来《みく》はパジャマに着替《きか》え、リビングで歯を磨《みが》いていた。

水色の水玉模様《もよう》で、フレンチスリーブになっていて、袖口《そでぐち》や裾《すそ》に細くて白いリボンがついている。

お気に入りの靴下《くつした》……フカフカでブカブカの白いタオル地のやつをはいて、ソファーに座《すわ》る。

ピョンとノエルが横に座ってきた。

薄《うす》いキャラメル色の巻《ま》き毛《げ》で、目のあたりもモシャモシャしている。黒いクリッとした丸い目がなんともかわいらしい。

もう三歳《さんさい》を過《す》ぎているが、まだ赤ちゃんに間違《まちが》えられるほど小さい。

クリスマスプレゼントとして、折原家《おりはらけ》にやってきた。だから、ノエル（聖夜《せいや》）。

両親とも留守《るす》がちだから、番犬代わりに飼《か》うことになったのだが、ちっともその役

には立っていない。

知らない人にも愛想《あいそ》がよく、すぐおなかを見せて喜ぶほどだ。

今は未来《みく》の横で、パジャマの裾《すそ》についたリボンにじゃれて遊んでいる。

「ノエルはいいよね。いつも楽しそうで……」

大人《おとな》びた口調で言うと、後ろ頭をコツンとやられた。

見上げると、風呂《ふろ》上がりの龍一《りゆういち》だった。

焦《こ》げ茶色のバスタオルで頭をゴシゴシやりながら、見下ろして言った。

「おめえこそ、楽しそうだぜ」

白いT《ティー》シャツにグレーのジャージ姿《すがた》だが、長身なので様になっている。

「そんなことないよぉ。これで、いろいろあるんだからね！」

「ほおおぉ、どういうんだよ？」

龍一《りゆういち》は麦茶を出してくると、それを飲みほし、未来《みく》の隣《となり》にドスンと座《すわ》った。

「あ、あのね！　そうだそうだ。さっき言いかけたんだけど……今日《きよう》、すごいことがあって……」

龍一《りゅういち》は、さっき未来《みく》が言いかけて、電話にジャマされて言えずじまいだったことを覚えていたから、こうして聞いてやっているのだが、そんなこと、当然、未来《みく》はわからない。

例の密室事件《みっしつじけん》のことを身振《みぶ》り手振りを交えて、一所懸命《いっしょけんめい》話した。

静かに聞いていた龍一《りゅういち》が言った。

「今度、うちに連れてこいよ、そいつ」

「え？　だ、だれ？」

「だぁら、その拓斗《たくと》ってやつ」

「ええええぇー!?　な、な、なんで!?」

「なんでって、別に理由はねえよ。前々から気になってたんだ。おもしろそうなやつだし、会ってみたいってだけだ」

「げげげげ！　無理、無理だってば」

「無理かどうか聞いてみりゃいいじゃん」

「ううう……」

龍一《りゅういち》は時々こうして、未来《みく》を困《こま》らせて楽しむ悪いくせがある。

他では完璧《かんぺき》な兄なのに、こういうところがおしいんだよな！

未来《みく》はうらみがましい目で兄を見上げた。

が、同時に、うちに拓斗《たくと》を招待《しょうたい》するなんて!?　と、ドキドキし始めた。

そんなこと、できるんだろうか!?

4

翌日《よくじつ》。

雨はさらにひどくなった。

学校も休校になるかも……という話だったが、結局はふだん通り。いつもは雨でもレインコートなど着たりしないが、この日は絶対《ぜったい》に着ていったほうがいいと龍一《りゅういち》が言《い》い張《は》った。

ふだんは制服《せいふく》を着用するし、冬に着るコートも決まったものがあったが、レインコートなどは自由だった。

「えぇー？　でも、こんなの着てる子いないってば！」

玄関《げんかん》で、あきらめの悪い未来《みく》が口をとがらせて言ったが、龍一《りゅういち》はただでさえつり上がった目をさらにつり上がらせ、にらみつけた。

この目には何を言ってもムダなことはよくわかっているので、

「わ、わかった、わかったよぉ……」

と、しかたなくレインコートを着た。

黄色くて、ポケットのところにヒヨコのイラストがついた子供《こども》っぽいやつだ。

これは、父の趣味《しゅみ》だ。

こんなの、今どき着てる子いないよぉ……。

口をへの字にして、トボトボ歩いて学校へ行く。

もちろん、黄色い長靴《ながぐつ》で!!

しかし、たしかにこの雨では、レインコート、長靴姿《すがた》でなければ、いくら傘《かさ》をさしていても、ずぶ濡《ぬ》れになっていただろう。

歩いているだけで、バシャバシャ水がかかる。どこもかしこも水たまりの状態《じょうたい》だからだ。

下水口からも水が溢《あふ》れ出している。

前を行く人たちの傘《かさ》がぼんやり見えた。

みんな無言で急ぎ足だった。

未来《みく》の家は、学校へは徒歩十分程度《ていど》。並《なみ》浪川《なみがわ》にかかった鳴宮橋《なるみやばし》という橋を渡《わた》っていく。

「わぁ……すごい」

未来《みく》は橋の上から川を見て、思わず声に出してつぶやいた。

いつもは川底の石が見えるほどの浅い川なのに、今は泥色《どろいろ》の水がゴウゴウと流れていて、怖《こわ》いほどだ。

水量も多くて、川岸に白い波頭がたっていた。

「すごーい……」

「やべえぞ、これ」

「こんなの、初めて見る！」

「地球最後の日だったりして！」

教室に到着《とうちゃく》すると、クラスのみんなは窓《まど》から校庭を見て、口々に言っていた。

地球最後の日というのは大げさだとしても、たしかにこれは普通《ふつう》じゃない。

校庭が半分洪水《こうずい》みたいになっていて、泥水《どろみず》に浸《つ》かっている。ざあざあと流れる川のようになっているのだ。

校庭の脇《わき》に並《なら》んだ楓《かえで》も雨と風に打たれて、ますますうなだれている。

「ほら、さっさと席に着きなさい。学活、始めるぞ」

担任《たんにん》の菅原《すがわら》が手をたたいたのを合図に、やっとみんな窓から離《はな》れたのだが……。

雨はまったくやむ気配もなく、昼過《す》ぎまで降《ふ》り続いた。

「ちゃんと帰れるかなぁ……？」

夏子《なつこ》が少し不安そうにつぶやいた。

彼女《かのじょ》は未来《みく》の斜《なな》め後ろの席だったから、未来《みく》はヒョイと振《ふ》り返った。

「夏《なつ》ちゃんち、遠いもんね」

「うん、そうなんだよね……。それに、今日《きょう》はママたち、留守《るす》なのよぉ。だから、信平《しんぺい》とふたりだからさぁ。あいつ、ちゃんと帰れたのかなぁ？」

信平《しんぺい》というのは、夏子《なつこ》の弟で同じ小学校に通う二年生だ。眼鏡《めがね》をかけている、クリクリ坊主《ぼうず》のかわいい男の子だ。

二年生は、とっくに帰っている時間。

「だいじょうぶだろ？　さっき下級生たち、集団下校《しゅうだん》してたよ」

未来《みく》の隣《となり》の席の木村将人《きむらまさと》が、ふたりの話を聞いて言った。

丸坊主《まるぼうず》に近い五分刈《ごぶが》り頭で、前髪《まえがみ》だけほんの少し長い。ちまっとした鼻にソバカスが浮《う》いていて、かわいい顔をしている。

未来《みく》よりも背《せ》が低い彼《かれ》は、必ずでかくなってみせるんだといつも人の分まで牛乳《ぎゅうにゅう》を飲む。でも、胃腸が弱いらしく、いつも後でトイレにかけこむのだ。

彼より頭ひとつ身長の高い夏子《なつこ》は、横目でチラっと彼を見て言った。

「そっか。なら、だいじょうぶかなぁ⁇」

などと話していると、菅原《すがわら》から鋭《するど》い声が飛んできた。

「こら！　そこ。それ以上無駄《むだ》話するなら、廊下《ろうか》に出てもらうぞ」

ひゅっとカメのように、未来《みく》も夏子《なつこ》も木村《きむら》も首をすくめた。

しかし、しかし……。

ついに恐《おそ》れていた事態《じたい》になってしまうのだが……それは、もう少し後のことになる。

第三の密室《みっしつ》

1

授業《じゅぎょう》も終わり、今日《きょう》は部活もせずにさっさと帰りなさいと言われ、みんな、急いで帰っていった。

未来《みく》もすぐ帰ろうと思っていたが、ふと部室に忘《わす》れ物をしていたことを思い出した。

算数のノートだ。

窓《まど》をたたく雨はどんどん激《はげ》しくなっていく。

まだ暗くなるには早い時間なのに、もう夕方のような暗さだ。

人気のない廊下《ろうか》に、雨の音と自分の靴音《くつおと》だけが響《ひび》く。

未来《みく》は、なんだか怖《こわ》くてたまらなくなってきた。

「やだなぁ……もう。急ごっと！」

だんだん早足になり、しまいにかけ足になった。

「廊下《ろうか》は走らないこと」という張《は》り紙《がみ》があったが、そんなこと、かまっている場合じゃない。

部室のある三階へ行こうと、階段《かいだん》を上がった時だ。


ポロロン……！


突然《とつぜん》、ピアノの音がした。

な、な、なにぃ!?

未来《みく》は、一気に喉《のど》がカラカラになって、真《ま》っ青《さお》。その場に座《すわ》りこみそうになってしまった。

「誰《だれ》もいないのに鳴り出すピアノ……」

これって、昨日《きのう》、拓斗《たくと》といっしょに話した学校の七不思議そのものじゃないの!?

うそうそうそうそ!!

いやいや、きっと誰《だれ》かが弾《ひ》いてるんだ！

「ポロ、ポロロン……」

ううう、そのわりに、この意味のない音！

や、やっぱり、このまま帰ったほうがいいんじゃ……？

でも、算数のノートないと、また今日《きょう》も宿題あるのに困《こま》るし。

階段《かいだん》の途中《とちゅう》で座《すわ》りこんでいると、後ろから急にポンと肩《かた》をたたかれたもんだから、たまらない。

「ぎゃあぁあぁあぁあぁあぁあっぁあぁあぁあぁあー!!」

自分の両耳を両手で押《お》さえ、ものすごい悲鳴をあげた。

同時に、ビカビカっと閃光《せんこう》がして、すぐにドドドオドドドドッカカカカ!! と、爆音《ばくおん》のような音がしたもんだから、未来《みく》はさらに叫《さけ》び続けた。両目とも、ぎゅっとつぶって。

「キャアキャアキャアイキャアアアア!!」

すると、自分の叫び声にかぶせて、別の叫び声が聞こえた気がして、目を開いてみた。

なんということだ!!

目の前に、自分と同じように階段《かいだん》に座《すわ》りこんだまま、両手で両耳を押《お》さえ（つまり、まったく同じポーズで）キャアキャアキャア叫《さけ》んでいる……拓斗《たくと》がいたのだ!!

「た、たくとさん……?」

未来《みく》がまんまる目で聞くと、彼《かれ》はそのポーズのままニッコリ笑った。

「未来《みく》くんがあんまり大きな声出すからさ!」

「あ、ご、ごめんなさい!」

立ち上がろうとしたら、足がガクガクしてうまく立てなかった。

「う、うわぁ!」

階段から落ちそうになったところを拓斗《たくと》がパっと立ち、未来《みく》の腕《うで》をつかんでくれた。

「す、す、すみません！」

今度は真《ま》っ赤《か》になる。

青くなったり、赤《あか》くなったり忙《いそが》しい。

またピカピカっと光った。

階段《かいだん》の踊《おど》り場《ば》の壁《かべ》にある大きな鏡に、ふたりの姿《すがた》がシロクロで映《うつ》った。

「キャアアァア!!」

叫《さけ》びたくないのに、叫んでしまう。

拓斗《たくと》はちっとも怖《こわ》くないようで、

「今度の台風はすごいですね。雷《かみなり》までするんだから……」

と、涼《すず》しい顔。

「今、未来《みく》くんの教室に行ってみたところですよ」

「ええ？　そうなんですか？　何か用でした？」

「いや、まぁ……たいした用事じゃないんですけどね」

と、拓斗《たくと》はちょっと困《こま》ったような、照れたような顔になった。

それを見て、まさか自分を迎《むか》えに来てくれたんだろうか？　と、未来《みく》は勝手に想像《そうぞう》してしまった。

さらに赤くなった未来《みく》に、拓斗《たくと》が聞いた。

「未来《みく》くん、部室行くつもりだったんでしょ？」

「あ、はい！　忘《わす》れ物しちゃって……」

「そっか。じゃあ、いっしょに行きましょう」

「はいっ!!」

こういう時は、本当に頼《たよ》りになる。もしかしたら、先生たちより！

ちょっと……いや、そうとう変わってるけど。

部室の机《つくえ》の上には、ちゃんと算数のノートがあった。

「ああ、ちょっと待っててください。送っていきますから」

拓斗《たくと》は、そう言うとパソコンの電源《でんげん》を入れ、キーボードをパチパチやり始めた。

もちろん、そのつもりだ。

またひとりで人気のない校舎《こうしゃ》を歩く気はない。

おとなしく隣《となり》で待ちつつ、昨日《きのう》の父が出してくれた密室《みっしつ》クイズ「消えた指輪」のことを思い出した。

「あ、あの……今、忙《いそが》しいですか？」

遠慮《えんりょ》がちに聞くと、彼《かれ》はくるっと振《ふ》り向いた。

「いや？　単純《たんじゅん》作業だから、聞いてることはできますよ？」

「えっとですね。実は……」

と、未来《みく》は「消えた指輪」を簡単《かんたん》に話してみた。

そして、自慢《じまん》そうに締《し》めくくった。

「昨日の体育準備室《じゅんびしつ》の……あの話を思い出したんで、言ってみたら、なんと正解《せいかい》！　なんですって!!」

ずっと静かに聞いていた拓斗《たくと》は、未来《みく》が話し終わるのを待って口を開いた。

「そうですか……しかし、その問題には少々難点《なんてん》がありますね」

「ええ??」

びっくりして未来《みく》は聞き返した。

彼女《かのじょ》はピアノの音のことはすっかり忘《わす》れてしまっていたのである。

2

「難点って……?」

「うん……つまりですね。こういう密室《みっしつ》ものというのは、なぜ密室にしなければならないか? という点が常《つね》に問題になるものです」

拓斗《たくと》は黒縁《くろぶち》の眼鏡《めがね》をかけ、ふわふわのくせっ毛を指でうるさそうにかきあげ、続けた。

「密室殺人事件《じけん》というようなものは、だいたい殺人事件ではなく、自殺に見せかけるために密室にする場合がほとんどです。つまり、誰《だれ》も出入りすることができなかった場所に、ひとりで死んでれば当然自殺だろう? と推理《すいり》させたいわけです。わかりますか?」

「え？　え、ええ……」

未来《みく》が自信なげに言うと、拓斗《たくと》は優《やさ》しく微笑《ほほえ》んだ。

「えーっと……たとえばですね。部屋《へや》のなかで毒を飲んで死んでいる人がいるとします。彼《かれ》のポケットからは、その部屋の鍵《かぎ》が発見されます。その部屋は内側からしっかり閉《し》められていて、誰《だれ》も出入りできない状況《じょうきょう》です……だとすれば、普通《ふつう》これは自殺だなと考えるでしょ？」

「あ！　そっか……」

「そうそう。まぁね。他にも、発見を遅《おく》らせたいからとか……いろいろ理由は考えられるんですが。……で、だとするとです」

拓斗《たくと》は、机《つくえ》の上にあった鉛筆《えんぴつ》を取ると、机をトントンとたたいた。

「その佐々木《ささき》という宝石商《ほうせきしょう》が保管《ほかん》した指輪を、怪盗《かいとう》Ｘ《エックス》が盗《ぬす》む際《さい》、なぜ、その部屋《へや》を密室《みっ しつ》にしなければならなかったんでしょうか？」

「え⁉」

「別にいいわけでしょう？　その指輪を奪《うば》いさえすれば。まぁ、さっき言った通り、発見を遅《おく》らせたいという理由も考えられます。それにしても、指輪を入れた箱の鍵《かぎ》まで保管した時とまったく同じ状態《じょうたい》だったというのは、あまりに不自然じゃありませんか？」

「そっか……」

と、返事をしながらも、未来《みく》には何が何やら。

まるで、手品の種明かしをしてもらってるのに、ますますワケがわからなくなってるような気分だった。

でも、拓斗《たくと》のほうはとても楽しそうである。

「うんうん。まず、その指輪を入れた箱の鍵、それって誰《だれ》が持ってたんでしょうね？」

「うーん、佐々木《ささき》さんかな？」

「まぁ、そうですね。だとすれば、彼《かれ》以外に考えられないんじゃありませんか？」

「え？　何が？」

「ははは。だから、犯人《はんにん》がってことです」

「ええー!?」

未来《みく》は驚《おどろ》いて拓斗《たくと》を見た。
まさか宝石商《ほうせきしょう》本人が犯人だなんて。考えもしなかったからだ。
「だ、だ、だって、この犯人って、怪盗《かいとう》X《エックス》なんでしょ？」
「さぁ。そう思《おも》わせておいて。実は、この佐々木《ささき》が犯人っていうのが本当なんじゃありませんか？　彼《かれ》は最初に保管《ほかん》する時、ガードマンふたりに部屋《へや》のなかを確認《かくにん》させておいて、サッと指輪を自分の手元にもどしたんでしょう。で、鍵《かぎ》をかける。空の箱のね」

「うんうん」

「そして、ふたりといっしょに部屋《へや》の鍵《かぎ》もかける」

「なぜそんなことしたの!?」

「うーん、たとえば、こういう貴重《きちょう》な指輪には莫大《ばくだい》な保険金《ほけんきん》がかけてあったりしますからねぇ。保険金目当てかもしれないし。あるいは、怪盗《かいとう》X《エックス》に恨《うら》みがあるのか、単純《たんじゅん》に指輪を自分だけのものにしたかったのか。動機はいろいろ考えられます」

「なーるほどっ!!」

未来《みく》は両手で机《つくえ》をドンとたたき、立ち上がった。

「パパに今日《きょう》さっそく話してみます!」

すると、拓斗《たくと》はペロっと舌《した》を出した。

「ごめんなさい! 実は違《ちが》うんです。やっぱり犯人《はんにん》は怪盗《かいとう》X《エックス》で間違《まちが》いないと思いますよ」

「え、ええぇぇぇ——!?」

未来《みく》は派手《はで》に抗議《こうぎ》の声をあげた後、口をへの字にして座《すわ》り直した。

拓斗《たくと》はイタズラが見つかった子供《こども》みたいな顔で頭をかいた。

「いやぁ、あのですね。だって、今のような推理《すいり》は誰《だれ》でも考えつくと思うんです。……と、すれば、ますますどうして密室《みっしつ》にしなきゃいけなかったかって点が問題になるんですよ」

「はぁ……」

「完全密室にし、指輪を入れた箱にまで鍵《かぎ》をかけた状態《じょうたい》なら、その鍵の持ち主が真っ先に疑《うたが》われるでしょう？」

と、その時、ようやく未来《みく》の頭もピカっと光った。

「そっか！　じゃ、わざわざ密室にして、宝石商《ほうせきしょう》を疑わせたのは、やっぱり怪盗《かいとう》X《エックス》のしわざだったってことですね？」

「そう！　正解《せいかい》」

すると、拓斗《たくと》はパチパチと手をたたいた。

「わーいわーい！」

未来《みく》はものすごくうれしかった。

両手をあげ、素直《すなお》に喜んでいたのだが……ふと大変なことに気づいた。

「あ、あ、で、でもぉー!! じゃ、どうやって密室《みっしつ》に入れたんですか？ 怪盗《かいとう》X《エックス》は⁇」

その時の拓斗《たくと》のうれしそうな顔といったら！

彼《かれ》はニコニコ笑って言った。

「ま、だからですね。未来《みく》くんのパパが言う通り、窓枠《まどわく》ごとはずして侵入《しんにゅう》したんじゃないでしょうか？」

「はぁぁぁああ——!?」

まったくもって、ワケがわからない。

だったら、最初の解答《かいとう》でオーケーじゃないか!!

なんだかものすごくバカにされたような気がした。

未来《みく》が断固《だんこ》として抗議《こうぎ》の声をあげた時だった。

さっき以上にすさまじい雷光《らいこう》がした。続いて、ものすごい大音量の雷鳴が轟《とどろ》いた。

ガラガラガラガラガラ……!! ドスドオドドドドォ——ガガガガ!!

同時に、ババババババ!! と、またまた稲光《いなびかり》。

「きゃあああぁぁぁぁぁぁあああー!!」

未来《みく》のすごい悲鳴もかき消えるほどの雷鳴《らいめい》が続いたかと思うと、部屋《へや》の電気が急に消え、パソコンの電源《でんげん》も突然《とつぜん》、落ちた。

「………!!」

未来《みく》が再《ふたた》び大きな悲鳴をあげようと、口を開いたが、拓斗《たくと》に、その口を手でふさがれてしまった。

「ウーウーウーウー……!!」

目をまんまるにして、うーうーうなっている未来《みく》を落ち着かせるためなのか、拓斗《たくと》は自分の顔を指さし、とんでもなくおもしろい顔をした。

目をまんなかに寄《よ》せて、鼻の穴《あな》をピクピクさせ、口を思いっきりゆがめて。

「ブハァッ!!」

思わず未来《みく》は笑い出した。

その顔を見て、拓斗《たくと》はホっとした顔で言った。

「しかたないですねぇ……もう少しデータの整理したかったんですが」

電気が消えてしまってはしかたない。

拓斗《たくと》がパソコンの周りを片付《かたづ》けていると、廊下《ろうか》から女の先生の声がした。

「誰《だれ》か残ってますかー？　校内に残っている生徒は、全員至急《しきゅう》職員室《しょくいんしつ》へ集まりなさい!!」

「先生！」

未来《みく》があわてて部室の外に出る。

そこには、音楽教師《きょうし》の吉村《よしむら》が廊下《ろうか》を通り過《す》ぎようとしていたが、未来《みく》の声に振《ふ》り返った。

セミロングで白《しろ》いブラウスにベージュの

パンツ。若々《わかわか》しい格好《かっこう》で、生徒からも人気のある教師《きょうし》だ。

「あら、今言ったの聞こえた？」

「はい。職員室《しょくいんしつ》に行くって」

未来《みく》の後ろから拓斗《たくと》が顔を出した。

「すぐ帰っちゃだめなんですか？　これ、停電ですか？」

すると、吉村《よしむら》はうなずいた。

「ええ、そうよ。さっきの雷《かみなり》で停電したみたい。教頭先生からお話があるそうよ。とにかく職員室に急いで行きなさい！」

3

「停電になっちゃったんですね」
吉村《よしむら》が他の生徒を捜《さが》しに行ってしまった後、未来《みく》が言うと、いつものハンサムな顔で
拓斗《たくと》がうなずいた。

「そうらしいですね。じゃ、ぼくたちも職員室《しょくいんしつ》に行きましょう」

そう言って、さっさと部屋《へや》を出ていく拓斗《たくと》に、未来《みく》は焦《あせ》った。

「あ、待って待って!!」

一度、部屋を出ようとしてまたもどる。算数のノートをランドセルに入れ、未来《みく》は拓《たく》斗《と》の後を必死に追いかけた。

今、ここではぐれてしまったら、最悪だ。

また、さっきのように誰《だれ》もいない廊下《ろうか》や階段《かいだん》で……あ、あれ?

何かさっき聞こえたような気がするけど。なんだったっけ??

未来《みく》が必死に思い出そうとして、後ろを振《ふ》り返った時、とんでもないものを見てしまった。

廊下《ろうか》の端《はし》っこ。

理科の実験室があるあたり。

四つん這《ば》いになっている男の人がいたのだ!

「……っっっ!!」

声にならない声をあげ、走って拓斗《たくと》の背《せ》中《なか》にしがみついた。

「え？　どうかしたんですか？　トイレなら、すぐそこですよ？」

また天然ボケなことを言う。

「…………！　…………!!」

未来《みく》は半泣きになりながら、首を左右に振《ふ》った。

サラサラの髪《かみ》がパラパラと頬《ほお》を打つ。

「え⁇」

拓斗《たくと》の手をつかみ、強引にもどる。

そして、さっきの変な男の人のいたほうを指さして、未来《みく》はあぜんとしてしまった。

誰《だれ》もいなかったからだ。

「どうしたんですか？」

何がなんだかわからない拓斗《たくと》に、未来《みく》は説明しようとして、ハァハァと息を整えた。

「あ、あそこに……四つん這《ば》いになってる……男の人がいたの!!」

「ええ⁇」

拓斗《たくと》は首を傾《かし》げ、未来《みく》の手を引っ張《ぱ》り、その場所まで大股《おおまた》で歩いていった。

そして、這いつくばって、床《ゆか》をていねいに調べたのである。

こういうところが拓斗《たくと》の尊敬《そんけい》すべき点だ。未来《みく》の言うことを頭ごなしにバカにしたりはしない。

「ど……どう⁇」

未来《みく》に聞かれ、拓斗《たくと》はうなずいた。

「そうですね。たしかに、つい最近誰《だれ》かが歩いた跡《あと》があります。しかも、膝《ひざ》をこすったような跡がありますよ」

「やっぱり⁉」

未来《みく》は喜びの声をあげた。

しかし、あたりには誰《だれ》もいない。気味が悪いことには変わりない。

いったい誰《だれ》なんだろう……？

「ま、とりあえず、職員室《しょくいんしつ》に行きましょうか」

立ち上がり、膝《ひざ》を払《はら》った拓斗《たくと》に、未来《みく》は大きくうなずいた。

職員室《しょくいんしつ》には、放課後残っていた生徒たちが十人程度《ていど》、他は先生たちが集まっていた。用事で外出中だった校長以外の先生は、まだ全員いたんだそうだ。

だが、生徒が何人残っているのかは不明だった。

そのなかには、昨日《きのう》、密室騒《みっしつさわ》ぎを起こした小松《こまつ》と栗林《くりばやし》もいて、拓斗《たくと》たちを見て「あ！」と声をあげた。

鼻ヒゲで、おかっぱ頭の江藤《えとう》教頭がその声を聞き、拓斗《たくと》と未来《みく》をチラっと見た。そして、生徒たちに向かって言った。

「今日《きょう》は校長先生が用事でいらっしゃいませんので、わたしが代わりに説明します。落ち着いて、よく聞いてください。実は困《こま》ったことになりました。近所に落雷《らくらい》があったせいで、停電になっただけでなく、電話もつながらなくなってしまいました。携帯電話《けいたいでんわ》も混雑《こんざつ》のため、今は使えないようです。その上……」

と、窓《まど》の外を見た。

みんなつられて、外を見る。

窓をたたく雨は相変わらずすごい。そして、窓ガラス越《ご》しに見《み》える校庭は、すでに大きな池のようになっていた。

「す、すごい……！」

「怖《こわ》いよぉ……」

「家に帰れるの⁉」

生徒たちが声をあげた。

「落ち着いて落ち着いて。だいじょうぶよ！」

亀井《かめい》という家庭科の女の先生が生徒たちに優《やさ》しく声をかけた。

それを聞いて、教頭はうなずきながら言った。

「そうです。落ち着きましょう。だいじょうぶです。ここの校舎《こうしゃ》は頑丈《がんじょう》ですし、二階や三階に行けば浸水《しんすい》があっても平気です！」

すると、みんなかえって不安げに言った。

「浸水？　そんなにひどいの⁇」

「どういうこと？　帰りたいよぉ‼」

そりゃそうだ。『浸水』とか『二階や三階なら……』という言葉を聞いて、不安にならない生徒はいない。

「あ、あの……で、その上、どうしたんですか？」

ひとり、悠然《ゆうぜん》とした声の拓斗《たくと》が教頭に聞いた。

すると、教頭はハっと我《われ》に返り、拓斗《たくと》を見た。

「あ、そうそう。ええとですね。実は並浪川《なみなみがわ》が決壊《けっかい》したそうでして……」

この言葉に、さっきの亀井《かめい》が「ウソ、決壊ぃー⁉」と、悲鳴のような声で言った。他の先生たちも騒然《そうぜん》とした。

それで、みんなまた「きゃあきゃあ」と大騒《おおさわ》ぎになってしまった。

「こらこら、騒がない！」

体育教師《きょうし》の上田《うえだ》が大声で言う。

言っておきながら、当の上田《うえだ》本人が青い顔をしている。

「ああー！　静かに、静かに!!　えーと、とにかくですね。川が溢《あふ》れてしまって、今は校舎《こうしゃ》の外には出られません！　もちろん、さっき言った通り、校舎は……ええと、新しくはありませんが、そうそう壊《こわ》れたりもしません！　しないはずです！　だから、心配しないで。ね!?　みんな、落ち着きなさい!!　落ち着くんです!!」

こんな教頭の説明で落ち着ける生徒などはいない。

「夕飯どうするの??」

「おかあさんに電話できないの!?」

「水びたしになったら、どうするんだ？」

「いつ帰れるの？」

「帰れないかも!!」

「うっそー！　やだ。ここに泊《と》まるの？」

「じゃあ、隣《となり》に寝《ね》ようよ！」

「わーい。じゃあ、宿題、ないですよね？」

などなど……。

なかには、宿題がなくなるとか、友達《ともだち》と泊まれるからと喜ぶ連中もいたりした。イカダを組んで脱出《だっしゅつ》を計ろうとする強者《つわもの》もいた。

もちろん、先生たちが必死になだめる。

「先生！　オレたちが連絡《れんらく》に行こうか!?」

「そうだそうだ。たいしたことないよ！」

と、言い出したのは、あの小松《こまつ》と栗林《くりばやし》である。

「ばかなことを言うな！　おとなしくしてなさい」

とんでもない！　と、近くにいた先生は目を三角にして、ふたりを叱《しか》りつけた。

その時、パソコン部の生徒たちがやってきた。

「こら、先生から聞いただろ。もっと早く来なくちゃだめだぞ！」

上田《うえだ》が生徒たちに言うと、

「だって誰《だれ》も教えてくれなかったすよ！」

と、生徒のひとりが抗議《こうぎ》した。

「本当か？　おかしいな。パソコン部なら、菅原《すがわら》先生が言いに行ったはずだが……あ、そういえば、菅原《すがわら》先生は？」

上田《うえだ》が職員室《しょくいんしつ》を見回す。

「いませんねぇ……」

誰かが言う。

「まだ校内を見回ってるのかもしれないな。ま、とにかくだな……」

と、上田《うえだ》がパソコン部の生徒たちにさっきまでの説明をしようとした時だった。

音楽の若《わか》い女性教師《じょせいきょうし》……。

さっき未来《みく》たちに、職員室へ行くよう教えてくれた吉村《よしむら》が走りこんできた。

「あ、あ、あの……!!　ピアノが、ピアノが……誰《だれ》もいないのに鳴ってるんです!!」

4

先生たちも生徒たちも、全員、吉村《よしむら》の言っている意味がよくわからなかった。わからないなりに、騒然《そうぜん》とした。

「吉村《よしむら》先生、落ち着いて。ちゃんとわかるように説明してください」

教頭に言われ、吉村《よしむら》はハァハァする息をなんとか整えた。

「そ、それが……わたし、他に生徒が残っていないか調べるために音楽室の前を通りかかったんです……そしたら！」

吉村《よしむら》はセミロングの髪《かみ》を揺《ゆ》らし、青ざめた顔で言葉を切った。

生徒たちも先生たちも、彼女《かのじょ》をジっと見つめている。

吉村《よしむら》は、全員を見渡《みわた》した後、ようやく言った。

「ピアノが急に鳴り出したんです！」

待ちかまえていたように女子が悲鳴をあげる。

「こらこら、騒《さわ》ぐな、騒ぐな。吉村《よしむら》先生も、もっと落ち着いて話してくださいよ。わざわざあおるような言い方しなくたって。どうせ誰《だれ》か生徒がいたんでしょう？」

教頭が聞くと、吉村《よしむら》は髪《かみ》をゆらし、強く首を左右に振《ふ》った。
「いいえ！　わたしもそうかと思って、音楽室にすぐ入っていきました。でも！　誰《だれ》もいなかったんです。あんなに短い間に誰かいなくなるとは考えられません！　それに、それに！」
と、またまた吉村《よしむら》は半泣きで言葉を切り、そして言った。
「わたしがあわててこっちにもどろうとして、階段《かいだん》のあたりにきた時、またポロンポロン……と、ピアノが鳴り始めたんですぅ!!!」

これには、みんな「キャアキャア!!」と大変な騒《さわ》ぎ。

そのなかで、もちろん拓斗《たくと》だけは悠然《ゆうぜん》とした態度《たいど》で、興味《きょうみ》深そうに話を聞いていた。

彼《かれ》の隣《となり》で真《ま》っ青《さお》になって、ガタガタ震《ふる》えていたのは未来《みく》だ。

吉村《よしむら》の話を聞いて怖《こわ》くなったからではない。

ようやく思い出したからだ。……自分もピアノの音を聞いたってことを。

「ねぇ、ねぇ、拓斗《たくと》さん！」

拓斗《たくと》の袖《そで》をツンツンと未来《みく》が引っ張《ぱ》ると、彼《かれ》は「ん？」と、彼女《かのじょ》を見下ろした。

「わたしも聞いたの！　さっき！」

「え⁇」

みんなが大騒ぎをしているので、よく聞き取れなかったらしい。

背《せ》が高い拓斗《たくと》は、身をかがめて未来《みく》に近づいた。

「わわわ……」

こういうポーズを取ることはしょっちゅうあるのだが、いつまでたっても慣《な》れない。

急に拓斗《たくと》のきれいな顔が間近になって、ドキドキしてしまうのだ。

あぁあ！

そんな場合じゃないってのに！

「ん？　どうしたんですか？」

くっつきそうなほど、すぐ近くの拓斗《たくと》が聞く。

未来《みく》は真《ま》っ赤《か》になりながら、必死に説明した。

「あ、あ、あのね！　だから、わたしもさっき……拓斗《たくと》さんに階段《かいだん》で会う前に、聞いたんです。ピアノの音！　ポロン、ポロン……って」

すると、拓斗《たくと》は「ふうむ……」と、お得意のポーズをとった。

あごに手をやり、小さくうなずく。

「未来《みく》くん、ちょっと調べに行ってみましょうか？」

「え？　え？　え？」

未来《みく》が驚《おどろ》いている間に、スっと後ろのドアの隙間《すきま》から拓斗《たくと》が廊下《ろうか》へと出て行ってしまった。

「わわ、待って待って！」

未来《みく》は他の人に見つからないよう、気をつけながら彼《かれ》の後を追いかけた。

幸い、みんなピアノの音のことで、まだ騒《さわ》いでいたので誰《だれ》ひとり、彼らがいなくなったことに気づかなかったのだった。

5

「しかし……」

階段《かいだん》を上りかけた時、上の踊《おど》り場《ば》のところで、拓斗《たくと》が立ち止まり、未来《みく》を見下ろした。

「え？」

急いで階段を上る。

そんな彼女《かのじょ》に、拓斗《たくと》が笑いかけた。

「なんだか昨日《きのう》から『密室《みっしつ》』づいてるなぁと思いましてね」

「『密室』づいてる？」

「そう。だって、今、この小学校まるごと『密室《みっしつ》』になっているとも考えられるでしょう？　電話も通じないし、川が決壊《けっかい》して、外には出られないんだし」

「あ！　そっか……」

　未来《みく》は拓斗《たくと》の発想に驚《おどろ》いてしまった。

　まさか小学校自体が密室になってしまうなんて。そんなこと、普通《ふつう》考えたりはしない。

「ふふふ。ミステリー小説ではよくこういう状況《じょうきょう》を使います。雪に閉《と》ざされてしまった山荘《さんそう》とか、嵐《あらし》のなかの孤島《ことう》とか。まぁ、いいでしょう。さぁ、取材、取材。ふふふ、学校の七不思議、あっちから飛びこんできてくれるとはありがたいことです」

　彼《かれ》は怖《こわ》いという感覚がないのだろうか？

人気がなく、大雨で、暗い階段《かいだん》も廊下《ろうか》も、ぜんぜん平気。まるで口笛でも吹《ふ》きながらという調子で歩いていく。

未来《みく》は遅《おく》れないよう、小走りについていったが、もちろん、おっかなびっくりである。

いつ、さっきの変な男の人が出てくるかわからないし、ピアノの音がするかわからないからだ。

本当に、本当に……幽霊《ゆうれい》でもいるんじゃないだろうか？

そう思った時、白い影《かげ》のことを思い出した。

昨日《きのう》、栗林《くりばやし》が体育準備室《じゅんびしつ》で見たという白い影のこと。

こうなると、もうだめだ。

未来《みく》の頭のなかでは、音楽室のなかをフワフワと飛ぶ白い幽霊《ゆうれい》が見えてきた。

それは、一見、優雅《ゆうが》に踊《おど》っているようにも見える。

チラチラと見える指先は血で染《そ》まり、鋭《するど》い爪《つめ》も真《ま》っ赤《か》だ。

凍《こお》りついたように動けないでいる未来《みく》に気づいた幽霊は、ふっと振《ふ》り返る。

うわあぁぁ、指先だけじゃなかった。

大きな目まで真《ま》っ赤《か》。

アワアワと震《ふる》えている未来《みく》に、幽霊《ゆうれい》が聞くのだ……。

「わたしのピアノ、上手《じょうず》ぅ??」

ううぅぅ……!

目を開いたまま失神しそうになっている未来《みく》の腕《うで》を拓斗《たくと》がツンツンとつっついた。

「はっ!! あ、あ、は、はい……?」

「聞こえないなと思って」

音楽室のほうを指さし、拓斗《たくと》が言う。

彼《かれ》が言うとおり、聞こえてくるのは激《はげ》しい雨の音と時々聞こえる雷《かみなり》の音だけ。

拓斗《たくと》は左右点検《てんけん》しながら、歩いていき、ついに問題の音楽室の前まで来た。

走って、未来《みく》もついていく。

音楽室のドアは他の教室のよりも大きく、ガラス窓《まど》が上のほうについている。

そのガラス窓からなかをのぞきこむ拓斗《たくと》。

横で背伸《せの》びして、同じようにのぞきこむ未来《みく》。

「だ、誰《だれ》もいない……？」

まさかさっき未来《みく》が想像《そうぞう》したような白い幽霊《ゆうれい》はいないよなぁ？　と思いつつも、つい確認《かくにん》してしまう。

拓斗《たくと》は首を小さく傾《かし》げつつ、ドアをゆっくり開いていった。

そして、

「未来《みく》くん、早く入ってください！」

と言い、未来《みく》がなかに入ったのを確認し、サッとドアを閉《し》めたのだった。

まるで幽霊が逃《に》げ出さないようにしているみたいに。

なぜそんなことをするのかわからない未来《みく》は、拓斗《たくと》の顔を不思議そうに見上げた。

拓斗《たくと》は、「ふうむ……」と、あごに手をやり、コツコツと靴音《くつおと》を響《ひび》かせながら、音楽室を歩き回った。

そして、スッとしゃがみこむと、床《ゆか》の上を丹念《たんねん》に調べ始めた。ゴミを拾い上げたりして。さっき未来《みく》が四つん這《ば》いになっている謎《なぞ》の人物を見たと言った時と同じように。

……と、ここでまたまた未来《みく》は勝手に想像《そうぞう》をふくらませた。

つまり、ピアノを鳴らしたのは白い幽霊《ゆうれい》ではなく、あの変な男の人だったら……。

なぜかその男の人は首を深くうなだれ、ゆっくりゆっくりゆっくり床《ゆか》の上を四つん這《ば》いで這っている。

まるで何かを探《さが》そうとしているように。

「ない……、ここにも……、ない……、ここにも……」

男の人は不気味な声でつぶやきながら、這って歩き、そして、ピアノの椅子《いす》のところまで行く。

ふと見上げた彼《かれ》は、ポロンとピアノを弾《ひ》いた。

……なぜ？

と、ここで未来《みく》の想像《そうぞう》は途切《とぎ》れてしまった。

白い幽霊《ゆうれい》が血に染《そ》まった指でピアノを弾《ひ》く図というのは、想像《そうぞう》しても絵になるが、這《は》う男がピアノを弾くというのには、いまひとつ説得力がないからだ。

説得力はないけれど、かえって怖《こわ》い！

「さて、じゃあ、ちょっと未来《みく》くんのクラスに行ってみたいですね」

急に拓斗《たくと》はそう言うと、音楽室を後にした。

当然、「あ、待って待って！」と、未来《みく》も走って後に続いた。

6

「でも、なぜわたしのクラスに？」

小走りになりながら、未来《みく》が聞くと、拓斗《たくと》はひょいと肩《かた》をすくめた。

「幽霊《ゆうれい》の正体を特定するためですよ」

「ゆ、ゆ、幽霊の!?　じゃ、まさか……幽霊って、うちのクラスにいるんですか!?」

またまた嫌《いや》なことを考えてしまいそうになり、未来《みく》は首をプルプル振《ふ》った。

冗談《じょうだん》じゃない！

ほんとにそんなことがあったら、あしたから授業《じゅぎょう》なんて受けてられないじゃないか。

でも、拓斗《たくと》は幽霊《ゆうれい》のことを本当に信じてるんだろうか？

そういえば、昨日《きのう》もみんなに見間違《みまちが》いだろうと笑われる栗林《くりばやし》に、

「もちろん、それは信じてる。きっといたんだよ、白い影《かげ》が……」

と、言ってたじゃないか。あの時の栗林《くりばやし》の喜ぶこと！　って、そんなことはどうでもいい話だが。

未来《みく》は、拓斗《たくと》というのは、いくら天然系《てんねんけい》で変わり者だとしても、そういう幽霊《ゆうれい》みたいなことは信じない、もっと科学的な人だと思ってきた。

だから、いったいいまた何を考えているんだろう……？　と、怖《こわ》いの半分、好奇心《こうきしん》半分の未来《みく》だった。


未来《みく》のクラスに到着《とうちゃく》して、未来《みく》は驚《おどろ》いた。

廊下《ろうか》の窓《まど》がひとつだけ大きく開いていたからだ。

雨が激《はげ》しく入りこんで、廊下《ろうか》が水浸《みずびた》しになっていた。

「わぁ、すごい！　大変!!」

窓《まど》を閉《し》めようと走りかけた未来《みく》の腕《うで》を引っ張《ぱ》り、拓斗《たくと》が言った。

「いいです。君はここにいて」

そして、ひとりで窓を閉めに行ってくれた。

その間、ほんの一分かそこらだったのに、拓斗《たくと》は髪《かみ》も白いシャツもびしょ濡《ぬ》れになってしまった。

「だ、だ、だいじょうぶ？」

走り寄《よ》ろうとした未来《みく》に、拓斗《たくと》が声をかけた。

「走らないで。滑《すべ》りますよ！」

残念ながら、その忠告《ちゅうこく》は遅《おそ》かった。

「うわぁ!!」

大きな声をあげ、未来《みく》は派手《はで》に転んでしまった。

ステーン! ビシャッ!!

水浸《みずびた》しの廊下《ろうか》に、見事尻《しり》もちをついてしまったわけで。せっかく拓斗《たくと》がびしょ濡《ぬ》れになりながらも窓《まど》をひとりで閉《し》めてくれたというのに、やっぱり未来《みく》もびしょ濡れになってしまった。

「……まぁ、そういう運命だったのかもしれませんね」

拓斗《たくと》はそう言って笑うと、ひっくり返っている未来《みく》を助け起こしてくれた。

びしょ濡れになったふたりは、服からポタポタと水をたらしながら、未来《みく》のクラスへと入っていった。

拓斗《たくと》はまっすぐ教室の後ろへ進んでいく。

ピカっとまたすごい閃光《せんこう》がし、間髪《かんはつ》入れず、

「ドドドドドカカカカカカ!!」

と、すごい雷鳴《らいめい》が轟《とどろ》いた。

「わぁぁあ!!」

未来《みく》は両手で両耳をふさぎ、しゃがみこんだ。

すると、

「うーん……おかしいなぁ」

と、拓斗《たくと》のうなる声がした。

「ど、どうかしたの??」

未来《みく》が立ち上がると、彼《かれ》は教室の後ろを占領《せんりょう》している大きな大きなウサギ小屋の前に座《すわ》りこんでいた。

校長先生が知り合いから譲《ゆず》り受けたというウサピョンの小屋だ。

「未来《みく》くん、ちょっと来てくれませんか?」

「は、はい!」

ウサピョンは、小屋のなかにある小さな箱（ここのなかで寝《ね》ることが多い）の前で、キョトンとした顔で拓斗《たくと》を見上げていた。

特徴《とくちょう》のある小さなホクロがかわいらしい。

「悪いけど、未来《みく》くん、ウサピョンを捕《つか》まえてくれますか？」

なんとも困《こま》ったような顔で、拓斗《たくと》が言う。

「え？　いいですけど……、でも……あ!?　もしかして、拓斗《たくと》さん、ウサギ触《さわ》れないんですかー？」

未来《みく》がうれしそうに聞くと、拓斗《たくと》はすごくまいったという顔でうなずいた。

「幼稚園《ようちえん》の頃《ころ》、指を思いっきりかまれたことがあるんです。それ以来……ちょっとね」

「あーあ!!」

どうりで、この前取材した時も、拓斗《たくと》は絶対《ぜったい》ウサピョンに触ろうとしなかったっけ。
未来《みく》はそんなことを思い出して、おかしくてたまらなくなった。
幽霊《ゆうれい》だって怖《こわ》くない。雷《かみなり》だって、先生だって、なんだって平気な拓斗《たくと》が、こんな子ウサギに怯《おび》えてるだなんて。

「笑ってないで。早いとこ、捕《つか》まえてくれませんか？」

「了解《りようかい》でーす！」

未来《みく》はクスクス笑いながら、小屋の扉《とびら》を開けた。

ウサピョンは、未来《みく》が手を伸《の》ばすと、ピョコタンピョコタンと逃《に》げ回ったが、すぐに捕まえることができた。

「はい！」

両手でつかんで、拓斗《たくと》の前に差し出す。

拓斗《たくと》は、「うっ‼」と身をすくめたが、ポケットからティッシュを取り出した。

「……⁇」

何をするんだろうと見ていると、彼《かれ》はそのティッシュでウサピョンの鼻の下をこわごわこすり始めたではないか！

以前、未来《みく》たちがやったのと同じことを。

「あぁ、無駄《むだ》ですよ！　わたしたちも試《ため》したもん。それ、生まれつきみたいで、消えない……!?!?」

そう言いかけて、未来《みく》は口をあんぐり開けた。

ウサピョンの鼻の下にある小さなホクロが、ものの見事に消えてしまっていたからだ!!

7

「うっそ――!!　なぜ――!?」

未来《みく》はウサピョンを両手で持ったまま、大きな声で言った。

ウサピョンはびっくりして、四本の足をジタバタさせ、未来《みく》が「あっ!!」と言った時には、床《ゆか》に飛び降《お》り、ピョコタンピョコタン、逃《に》げ出してしまった。

「あ、待って待って!!」

と、必死に追いかける。

でも、ウサピョンは机《つくえ》の下を逃《に》げていくので、うまく捕《つか》まえられない。

「うわぁ!」

拓斗《たくと》が叫《さけ》び声をあげ、椅子《いす》の上に上った。

彼《かれ》の足下にウサピョンがやってきたからだ。

「あぁーんっもう。拓斗《たくと》さん、捕まえてくださいよ。ウサピョン、いなくなっちゃったら、菅原《すがわら》先生に、すっごい叱《しか》られる!!」

これは真面目《まじめ》な話だ。

今や、生徒たちや授業《じゅぎょう》より、ウサピョンの面倒《めんどう》のほうに神経《しんけい》をそそいでいるような菅《すが》原《わら》なのだから、万が一いなくなったりしたら、大変なことになる!

わあわあ、きゃあきゃあ言いながら、ふたりしてウサピョンを追いかけ回していた時だ。

「なんだ! 何の騒《さわ》ぎだ!!」

と、大きな声がした。

振《ふ》り返ると、そこには菅原《すがわら》が立っていた。

一番見つかってはいけない相手だ！

「わわ、す、菅原《すがわら》先生……えっと、実はあの……ウサピョンが逃《に》げて……」

未来《みく》がシドロモドロ説明をし始めると、菅原《すがわら》の顔色がサッと変わった。

「な、なにぃ!?　ウサピョンが!?」

床《ゆか》を見渡《みわた》したが、どこにもいない!!

「いないぞ！　どこにいたんだ？　ウサピョンは」

「たった今、小屋から出したんです」

未来《みく》が声をあげる。

その時、拓斗《たくと》がなんとも情《なさ》けない声で言った。

「未来《みく》くぅーん、助けてくれ。ここに……いるから！」

見れば、拓斗《たくと》の足下に……まるでそこが一番落ち着けるという顔で、ウサピョンがジっと丸まっていた。

「はいはい！　ちょっと待って」

ホっとして、未来《みく》が返事をする。

「ちゃんと小屋にもどしておきなさい！」

菅原《すがわら》が偉《えら》そうに言い、教室から出ていった。

その言葉に、未来《みく》は少し「あれ？」と思った。

普通《ふつう》なら、「ウサピョン！」と言って、走って捕《つか》まえに来るかと思ったからだ。

未来《みく》がウサピョンを抱《だ》き上げた時、拓斗《たくと》はようやくホっとした顔になり、走り出した！

教室の外へ。

「え？　え？」

未来《みく》はわけがわからず、ウサピョンを抱《だ》いたまま追いかける。
廊下《ろうか》に出た時、拓斗《たくと》が菅原《すがわら》に向かって大声で言ってるところだった。
「菅原《すがわら》先生！　あのウサギ、ウサピョンじゃありませんね⁉」
廊下の先にいた菅原《すがわら》が驚《おどろ》いて振《ふ》り返った。
「な、な、何を……‼」
立ちすくんだままの菅原《すがわら》に、拓斗《たくと》はゆっくり近づいていく。
その時、またビカビカっとものすごい稲光《いなびかり》が走った。
ふたりの姿《すがた》が浮《う》き上がる。
拓斗《たくと》はスっとしゃがみ、床《ゆか》に落ちていたゴミのようなものを拾い上げた。
いったい何を拾ったんだろう？
未来《みく》が不思議に思った時だ。

ポロン、ポロロン……。

ピアノの音がハッキリ聞こえた！！！

ギョっとした顔になる菅原《すがわら》。

未来《みく》も心臓《しんぞう》を氷のような手で捕《つか》まれたような気がした。

「菅原《すがわら》先生、急ぎましょう！」

拓斗《たくと》が走り出す。

菅原《すがわら》も走り出した。

たったひとり、わけがわからない未来《みく》もその後を追いかけた。ウサピョンを抱《だ》いたまま。

そして、密室《みっしつ》は解《と》けた。

1

音楽室から、ポロンポロン……と、まだピアノの音がしていた。

本当に白い影《かげ》みたいな幽霊《ゆうれい》が弾《ひ》いてたらどうしよう!?　しかも、赤い血のような目をして、こっちを見たらどうしよう?

未来《みく》の心臓《しんぞう》は、最高の速度でドッキンドッキン鳴り続けていた。

頼《たよ》りになるのは、拓斗《たくと》だけだ。

その彼《かれ》と先を争うようにして、菅原《すがわら》が音楽室のドアを開け、なかへ入っていった。

拓斗《たくと》も、そして未来《みく》もその後に続く。

暗い音楽室……。

壁《かべ》にかかったモーツァルトやバッハ、シューベルト……といった有名な音楽家たちの肖像画《しょうぞうが》が不気味に彼《かれ》らを見下ろしている。
その隅《すみ》っこにある黒いグランドピアノ。
白と黒の鍵盤《けんばん》から、まだポロンポロンと音が聞こえている。

未来《みく》は鍵盤の上を見て、思わず抱《だ》いていたウサピョンを取り落としてしまった。
「あ!!」
ウサピョンがピョコタンピョコタン、走っていく。
その姿《すがた》そっくりそのまま。真っ白の子ウサギがピアノの鍵盤の上にいたのだ!!
いや、たったひとつだけ違《ちが》う。
それは、ピアノの上《うえ》にいたウサギの鼻の下には、小さなホクロがあったこと。
今まで未来《みく》が抱いていたウサギにはない。

そりゃそうだ。さっき拓斗《たくと》がティッシュで拭《ふ》き取ったから。

「あ!? あれ!? ……ということは……??」

未来《みく》が思わずつぶやいたのと、菅原《すがわら》がピアノの上の子ウサギを抱《だ》き上《あ》げたのは、ほぼ同時だった。

「あぁ、よかったよかった……まったく、心配かけて。どこに行ってたんだ?」

まるで人間の赤ちゃんに言うように、菅原《すがわら》が子ウサギをなでている。

「いつ、いなくなったんですか? ウサピヨンは」

拓斗《たくと》が聞くと、菅原《すがわら》はムッとした顔で答えた。

「お、一昨日《おととい》だよ!」

「それで、あのウサギを替《か》え玉にしたんですね？　鼻の下に黒ペンでホクロをつけて」

「むぅぅ……」

その言葉で、未来《みく》はようやく意味がわかった。

ウサピョンがいなくなったというのに気づいた菅原《すがわら》は、真《ま》っ青《さお》になって探《さが》し回ったんだろう。

でも、結局、見つからない。

そのままにしておくと、生徒たちが騒《さわ》ぎ出してしまって、校長の耳に入ってしまう。それを恐《おそ》れた菅原《すがわら》は、似たような白いウサギを替《か》え玉にすることにした。ウサピョンの特徴《とくちょう》である小さなホクロをペンで描《か》いて。

「ぜんぜん気づかなかったぁ……。わたし、ウサギ当番の手伝《てつだ》いしたのに……」

未来《みく》がショックを受けて、そうつぶやくと、拓斗《たくと》が笑って言った。

「まぁ、そりゃそうですよ。ウサギはウサギだし。白いのが茶色になれば気づくだろうけど、白いだけならね。そのうえ、一番の特徴であるホクロがあったりしたら、もうダメですね」

「そっか……そだよね。で、でも、拓斗《たくと》さん、どうしてウサピョンが偽物《にせもの》だってわかったんですか？」

それには菅原《すがわら》も興味《きょうみ》があるようで、ウンウンとうなずきながら、拓斗《たくと》を見た。

彼《かれ》はフワフワの髪《かみ》をかいて、言った。

「ほら、昨日《きのう》……菅原《すがわら》先生、渡《わた》り廊下《ろうか》のところで何か探《さが》しものしてたじゃないですか？」

その言葉に、菅原《すがわら》も未来《みく》も「あ！」となった。

そうそう。たしかにそうだった。

「それだけでわかったの!?」

びっくりして未来《みく》が聞くと、拓斗《たくと》は首を振《ふ》った。

「あはは、まさか。ただ……いったい何を必死に探してるんだろうなぁとは思いましたよ。この前、ウサピョンの取材をした時、菅原《すがわら》先生がずいぶんウサピョンを大事にしているっていう話を聞いていましたからね。正直、もしかして……？　とは思いました」

「へぇー!!」

ほんとに、こういうところはまったく感心してしまう。

未来《みく》が尊敬《そんけい》のまなざしで見つめていると、拓斗《たくと》はますます照れくさそうに笑った。

「でも、決定的だったのは……あの第一の密室事件《みっしつじけん》です」

「体育準備室《じゅんびしつ》の⁉」

「そうそう。あの時、床《ゆか》に転《ころ》がってたでしょう？　チョコボールが」

「ええ？　あーあ、あれ？　違《ちが》いますよ。チョコボールなんかじゃなかったもの。ただのゴミで……」

未来《みく》が言うと、拓斗《たくと》は首を振《ふ》った。

「いや、あれはただのゴミでもなかったんです」

「え⁇」

未来《みく》が聞き返すと、拓斗《たくと》は少し決まりが悪そうに言った。

「あれはね。ウサピョンのフンだったんです」

2

これには、未来《みく》も絶句《ぜっく》してしまった。

チョコボールだと思《おも》って、一瞬《いっしゅん》喜んで拾った……あの黒い物体が、こともあろうに、ウサピョンのフンだったなんて！

「ま、まさか……拓斗《たくと》さん、それと知ってて、わたしに拾わせたんですかー!?」

ほっぺをふくらませて聞く未来《みく》に、拓斗《たくと》は苦笑した。

「ごめんごめん。絶対《ぜったい》そうだという確信《かくしん》はなかったんですが。まぁ……ちょっとは」

「ひっどぉーい!!」

ますますほっぺをパンパンにふくらませた未来《みく》を拓斗《たくと》はクスクス笑って見ていた。

「まぁ、それでですね。あの白い影《かげ》は……きっとウサピョンだなと当たりはつけてたんです」

「うっそー!!　あ、あの……栗林《くりばやし》さんを蹴《け》つまずかせたっていう白い影!?　あれがウサピョンだったんですか？　んもう、だったら、なんであの時にそう言わなかったんですか?」

体育準備室《じゅんびしつ》の話など知らない菅原《すがわら》が、「どういうことなんだ?」と聞いた。

そこで、拓斗《たくと》がかいつまんで説明した。

その説明を聞いて、菅原《すがわら》はますます感心したように、両手でしっかり持ったウサピョンに向かって言った。

「ウサピョン、体育準備室にまで行ってたのか。大冒険《だいぼうけん》だったたなぁ!」

なんだか、ウサピョン相手に話してると、先生も感じが違《ちが》うなぁ。

未来《みく》は変なことに感心した。

「でも、菅原《すがわら》先生が一所懸命《いっしょけんめい》探《さが》してたみたいだし、さっき部室に行く前、チラっとウサギ小屋見たら、ちゃんといるみたいだったし。だから、別に言う必要もないかなと思ったんです」
「ほえぇ……」
そっかぁ。さっき未来《みく》の教室に寄《よ》ったって言ってたのは、このことだったんだ！
未来《みく》を迎《むか》えに来たわけではなくって。
なぁーんだぁ！　ちぇ、ちぇ、ちぇっ！
って。まぁ、それはどうでもいいことだけど。とにかく、こういうところ、未来《みく》には
まったく理解《りかい》できない。
もし、未来《みく》だったら、さっそく話しただろうに。
こんなおもしろいことに気づいたりして。口にチャックをかけておくなんて、絶対《ぜったい》に
できないだろう。
「でも、とにかく……ウサピョンがピアノを鳴らしてるんじゃないかって思ったんです
ね？」
「うん。確《たし》かめてみたら、やっぱりコレがあったんですよ」
と、拓斗《たくと》がポケットからつまみだして見せたのは、例のチョコボール……いや、ウサ

ギのフンだった。

「ま、これで確信《かくしん》したわけですが。そうなると、今、未来《みく》くんの教室になぜウサピョンがいるかっていう問題が出てきます」

「それで、確《たし》かめに行ったわけですか!?」

「はい。それから、菅原《すがわら》先生。停電のすぐ後、理科の実験室のあたりで、四つん這《ば》いになっていませんでしたか？」

拓斗《たくと》に聞かれ、菅原《すがわら》は頭をひねる。

「まぁ、ウサピョンを探《さが》すため、ずいぶん、あっちこっち四つん這いになったけど」

「あっ！　あの四つん這いの謎《なぞ》の人物、あれは菅原《すがわら》先生だったんですね！」

未来《みく》が思い出して言う。

そっか……。

これですべての謎が解《と》けた！

すごぉーい！

と、未来《みく》がますます尊敬《そんけい》のまなざしで拓斗《たくと》を見ていると、彼《かれ》は青い顔になって言った。

「み、未来《みく》くん、こ、このウサギ……なんとかしてくれませんか!?」

なんと、替《か》え玉のほうの白い子ウサギがまたまた拓斗《たくと》の足下で、ちょこんと座《すわ》りこんでいた。どうやら、拓斗《たくと》のことが気に入ったらしい。

「あはは。このウサギ、拓斗《たくと》さんのこと、気に入ったらしいですね！」

「なんだったら、譲《ゆず》ってやってもいいぞ。その代わり、今回のことは内緒《ないしょ》にしててくれると助かるんだが……」

ウサピョンをしっかり抱《だ》いたまま菅原《すがわら》が、すがるような目で言った。

拓斗《たくと》は青い顔のまま首を左右に振《ふ》った。

「い、いいえ、いいです！　遠慮《えんりょ》しておきます。それに、誰《だれ》にも言いませんよ！　こんなこと」

それを聞いて、菅原《すがわら》はホっとした顔で言った。

「助かるよ。じゃあ、ウサピョンをもどしておくから、おまえたち、職員室《しょくいんしつ》に行きなさい」

「はーい！」

未来《みく》は返事をしておいて、菅原《すがわら》を見た。

「あ、あの、こっちのウサギはどうするんですか？」

拓斗《たくと》の足下から抱《だ》き上げた子ウサギを菅原《すがわら》に見せると、彼《かれ》は子ウサギを受け取り、ウサピョンといっしょに抱いた。

「まぁ、ウサピョンも友達《ともだち》がいたほうが楽しいだろうし、あの小屋だったら、二羽でも狭《せま》くはないだろう」

そりゃそうだ。

あんなに大きな小屋なら、後、三羽くらいいても平気だ。

でも、よかったな。

ウサピョンも見つかったし、友達もできたんだもん。

未来《みく》はやれやれと胸《むね》をなで下ろしたのだった。

3

ふたりが職員室《しょくいんしつ》にもどってみると、ますます騒《さわ》ぎが大きくなっていた。

生徒のひとりが泣き出してしまい、それが伝染《でんせん》し、なんと女の先生まで泣き出してしまったというのだ。

「あらら……たーいへん！」

拓斗《たくと》はまるでどこかの奥《おく》さんのような口調で、そう言うとニヤニヤ笑った。

ちっとも大変だなんて思ってない顔だ。

でも、拓斗《たくと》と秘密《ひみつ》を持ってしまった！

未来《みく》はうれしくってしかたない。

やっぱり隣《となり》でニヤニヤ笑っていると、

「おまえら、どこ行ってたんだよ!?」

と、小松《こまつ》が聞いてきた。

「あぁ、実は例の白い影《かげ》がピアノを弾《ひ》いてたんじゃないかと……取材に行ってたんです」

シラっとした顔で拓斗《たくと》が答える。

「ええー!? ほ、ほんとか?」

栗林《くりばやし》が泣きそうな顔で聞いた。

「はい。でも、どうやらあれは別ものでした」

「別もの?」

「はい。ピアノを鳴らしているのと、栗林《くりばやし》くんを蹴《け》つまずかせたのとは、別の幽霊《ゆうれい》らしいですねぇ」

「ええぇえええー!?」

「ま、まじかよ!!」

ふたりが大きな声をあげたものだから、他の生徒も「なんだなんだ?」と聞いてきた。

そっか!

拓斗《たくと》さんたら、今回のことをちゃっかり記事のネタにするつもりなんだ。

真相は言わないで、『学校の七不思議』として……。

拓斗《たくと》は、彼《かれ》らに大きな声で言った。

「まぁまぁ。くわしいことは、次のウェブ新聞で発表しますから、お楽しみに!!」

それを聞いて、子供《こども》たちはブーブー文句《もんく》を言った。

「もったいぶるな!」

「なんだ、ただの宣伝《せんでん》か!?」

「うそ、何のこと??」

「幽霊《ゆうれい》だって」

「ええぇー?」

新たな騒《さわ》ぎが起こった時だった。

「あ、あ、あれは、校長先生だ!!」

上田《うえだ》が大きな声で言った。

みんないっせいにそっちを見る。

職員室《しょくいんしつ》の窓《まど》から見える校庭は、すでに大きな池のようになっている。その池のなかを黄色いカッパを着た人と黒いカッパを着た人が歩いてくるのが見えた。

黄色いカッパを着ているのは、今日《きょう》は用事でいなかった校長だった！

フードを目深《まぶか》にかぶっているので顔は見えないが、黒いカッパを着た人はずいぶん背《せ》が高く、テキパキと動き、校長を助けていた。

水に足を取られ、歩けないでいる校長を背負い、ゆっくり歩いてくる。

「校長先生!!」

ようやく入り口から入ってきた校長とその黒いカッパの人を迎《むか》え、先生たちが大きな声で言った。

どさっと重そうな校長を職員室《しょくいんしつ》の床《ゆか》におろし、黒いカッパの人が目深にかぶってい

たフードを取った。

びしょぬれの黒いストレートの髪《かみ》、切れ長のきれいな目、ピアスをした耳、長い手足、広い肩幅《かたはば》、ボロボロのT《ティー》シャツ……。

女の先生たちの目が一瞬《いっしゅん》でキラキラ輝《かがや》いた。

未来《みく》は、なんともハデに登場した彼《かれ》の顔を見てポカンと口を開けた。

「お、お兄《にい》ちゃん……!? なんで、ここにいるの？」

そう！

校長を背負《せお》ってやってきたのは、こともあろうに、未来《みく》の兄、龍一《りゅういち》だったのだ！

彼《かれ》は、相変わらず機嫌《きげん》が悪そうに言った。

「迎《むか》えに来てやったんだろ！　ほら、帰るぞ」

「か、帰るって……、こんな雨のなか、どうやって帰るの？」

「雨？　もうやんでるよ。川もちゃんと修復《しゅうふく》された」

それを聞いて、未来《みく》も他の生徒たちもびっくりした。

「あ、ほんとだ……！」

まだ校庭は池のようだったが、校門の外側の道路を歩く人の姿《すがた》も見えた。

いつの間にか、雨もやんでいた。

「はぁ、はぁ、はぁ……と、とにかく、みんな無事でよかった。まったく、さっきから何度もケータイを鳴らしていたのに、なぜ出ないのですか？」

黄色いカッパを脱《ぬ》ぎ、校長が教頭《きょうとう》に聞いた。

教頭《きょうとう》はびっくりして、自分《じぶん》のポケットをさぐった。

「あ、あ、あ！　ほ、ほんとでした。す、すみません、ちっとも気《き》がつきませんで……」

ペコペコ頭を下げると、校長は手を大きく振《ふ》った。

「いやいや、わたしの留守《るす》をよく守ってくれました。子供《こども》たちに怪我《けが》などはありませんね？」

「はい！　もちろんです!!」

「よかったよかった……」

校長が禿《は》げ上がった頭をしきりにハンカチで拭《ふ》いている時、職員室《しょくいんしつ》に菅原《すがわら》がやってきた。

「おや、菅原《すがわら》先生、さっきから捜《さが》してたんですよ。いったいどこへ行ってらしたんですか？」

教頭に聞かれ、菅原《すがわら》はしどろもどろに答えた。

「い、いや……ウサピョンがこの雨を怖《こわ》がっていないかと思い、見に行ってました」

それを聞いて、誰《だれ》もがうんざりした顔になった。

生徒よりウサギが大切なのか？　と。

未来《みく》はそのようすを見て、（あぁーああ、こんな時にそんなふうに言わなくたっていいのにな）と思った。

「ウサギなど、後回しでいいですよ！」

校長も苦々しく言い、菅原《すがわら》は恐縮《きょうしゅく》して小さくなってしまった。

そんな菅原《すがわら》を見て、未来《みく》はなんだかかわいそうに思えてくる。

ウサピョンを抱《だ》いていたさっきの菅原《すがわら》を見て、なんだか憎《にく》めないなあと思ったからだ。

たしかに変わった先生だけど、あんなにウサピョンをかわいがってるんだ。きっと悪

い先生じゃないと思う。

そっか！

先生って、もしかして、すっごく不器用な人なのかも⁉

そう考えてみると、今まで苦手だった菅《すが》原《わら》のことも、少しだけ親近感をもって見られるようになってくる。

人間って、おもしろいなー！

未来《みく》がひとりで納得《なっとく》していると、隣《となり》で拓《たく》斗《と》がふむふむとうなずいていた。

「本当ですね。まったく、おもしろいですね……人間って」

未来《みく》は目をまんまるにして、拓斗《たくと》を見た。

「え⁇　た、拓斗《たくと》さんって、まさか人の心まで読めちゃったりするんですか⁉」

彼《かれ》は、「え？」と、首を傾《かし》げてみせた。

「あの、未来《みく》くん、さっきからブツブツと声に出して言ってましたよ？　菅原《すがわら》先生のこととか」

それを聞いて、未来《みく》は汗《あせ》がブワッと吹《ふ》き出た。カ――っと顔が熱くなる。

なんてこった!!

心のなかだけで言ってたと思ってたのに！　ぬかった!!

未来《みく》が真《ま》っ赤《か》な顔でアタフタしていると、龍一《りゅういち》がやってきて、拓斗《たくと》をのぞきこんだ。

「おい、未来《みく》。こいつか？　例の拓斗《たくと》ってやつ」

「え？　あ、えっと、そうだけど……ちょ、ちょっと、お兄《にい》ちゃん、やめてよ！」

龍一《りゅういち》が変なことをしないようにと、未来《みく》は必死に拓斗《たくと》の前に立ち、彼《かれ》をかばった。

しかし、龍一《りゅういち》は背《せ》の高い拓斗《たくと》より、さらに頭ひとつ大きい。

上から無遠慮《ぶえんりょ》にのぞきこんで、「ふうぅん……」と、嫌《いや》みったらしくジロジロと見た。

「おれ、こいつの兄貴《あにき》なんだけど」

「そうですか。よろしくお願いします！」

ちっともビビるようすも見せず、にっこり笑った拓斗《たくと》に龍一《りゅういち》は言った。

「ふぅーん。ま、いいや。今度、うちに飯でも食いに来なよ。オレの料理は絶品《ぜっぴん》だぜ？」

「な、何を……！　お兄《にい》ちゃんたら！」

あわてる未来《みく》をよそに、拓斗《たくと》はハキハキと答えた。

「はい！　ぜひ！」

「え、えええぇー!?」

びっくりして聞き返す未来《みく》。

その後ろ頭に、みんなの声が響《ひび》いた。

「うわぁ、すごい！　虹《にじ》だ、虹ぃ!!」

振《ふ》り返ってみると、みんな窓《まど》にへばりついて見上げている。

未来《みく》も拓斗《たくと》も龍一《りゅういち》も窓のほうに行《い》き、空を見上げた。

「わぁ……！」

未来《みく》は思わず声をあげた。

拓斗《たくと》も隣《となり》で目を見張《みは》った。

さっきまで暗かった空の一部がきれいに晴れ、青々とした空を見せていて。
しかも、校舎《こうしゃ》の上には、見事な虹《にじ》が大きな大きな半円を描《えが》いていたのだった。

END

IQ《アイキュー》探偵《たんてい》タクト

キャラクターファイル

IQ《キュー》探偵《たんてい》タクト

キャラクターファイル

#01

名前………**折《おり》原《はら》未《み》来《く》**
年…………10歳《さい》
学年………小学5年生
学校………私立楓陽館《しりつふうようかん》
家族構成《こうせい》…父／博幸《ひろゆき》　母／祥子《しょうこ》　兄／龍一《りゅういち》（高校2年生）
外見………身長145センチで愛らしい。黒髪《くろかみ》をショートカットにし、お気に入りの四ツ葉のクローバーがついているカチューシャをいつもしている。
性格《せいかく》………素直《すなお》な性格《せいかく》で、夢《ゆめ》見がち。忙《いそが》しくてあまり家にいない両親の代わりに、兄の龍一《りゅういち》と家の手伝《てつだ》いをよくする。文章を書いたり写真を撮《と》ったりすることが好き。

IQ《キュー》探偵《たんてい》タクト

キャラクターファイル

#02

名前………渋沢拓斗《しぶさわたくと》

年…………11歳《さい》

学年………小学6年生

学校………私立楓陽館《しりつふうようかん》

家族構成《こうせい》…父／優《ゆう》　母／小夜子《さよこ》

外見………身長170センチ以上で手足が長い。天然のくせっ毛。人が振《ふ》り返るような美少年だが、そのことを本人はまったく気にもとめていない。

性格《せいかく》………不可思議《ふかしぎ》な事件《じけん》を何度も解決《かいけつ》してきた天才。一方、自分に興味《きょうみ》のないことはすぐ忘《わす》れてしまうような変人でもある。

あとがき

こんにちは！

初めましてでしょうか？　それとも、お久《ひさ》しぶりでしょうか？

もしかすると、『ＩＱ探偵《たんてい》ムー』を読んでくださっている方かもしれませんね。

正直に言うと、まさかＩＱ探偵がもうひとり誕生《たんじょう》するとは思いませんでした。それも、今度は男の子が……だなんて。

ムーを知らない人のために書きますが、『ＩＱ探偵ムー』というのは、茜崎夢羽《あかねざきむう》という不思議かつ天才少女を主人公にした推理《すいり》小説です。

夢羽《むう》には及《およ》びませんが、拓斗《たくと》も十分変わった人です。

でも、彼《かれ》によく似《に》た人、知ってます。あぁ、残念ながら外見ではなく、中身、性格《せいかく》ってことですけどね。

わりと、学者肌《がくしゃはだ》というのでしょうか。ひとつのことに集中しすぎるあまり、他のことが見えなくなってしまったり、どうでもよくなったりするタイプ。

皆《みな》さんの周りにもいませんか？　もしかして、お父《とう》さんがそうだったりして。自分が興味《きょうみ》のあることにばかり気持ちが入り過《す》ぎて、ついつい他の人のことを忘《わす》れてしまったり。その時に夢中《むちゅう》になっていることを優先《ゆうせん》して、ずっと前からしていた約束を簡単《かんたん》にキャンセルしてしまったり。

決して悪い人でもないし、優《やさ》しくないってわけじゃないんですが。

そういう困《こま》った人でも、それだけ夢中になれるものがあるというのが素晴《すば》らしいなぁと思います。だから、約束を破《やぶ》られても、本当には怒《おこ》れないいんでしょうね。

拓斗《たくと》は、そんな男の子です。

拓斗《たくと》とコンビを組んでいるのが、未来《みく》ちゃんです。

かっこいい拓斗《たくと》のことを尊敬《そんけい》し、かつ憧《あこが》れていて、いつも目がハートマーク。マイペースな彼《かれ》に振《ふ》り回されてばかりの彼女《かのじょ》ですが、大好きだからこそ、尊敬しているからこそ、全部許《ゆる》せてしまう。素直《すなお》で明るい女の子。

きみ、きみ、もう少し怒《おこ》ったほうがいいよとか、疑《うたが》ったほうがいいんじゃないの？とか思うのですが、きっと彼女《かのじょ》はそんなことしなくっても、ストレスはたまらないタイプなんでしょう。うらやましい。

そして、脇役《わきやく》ではありますが、未来《みく》ちゃんのお兄《にい》ちゃん。龍一《りゅういち》がかっこいい！　と、編集《へんしゅう》さんたちが大騒《おおさわ》ぎでした。

たしかにねぇ。かっこよくって、ちょっと不良っぽくて、バンドやってて、でも、よく気がついて、料理も上手《じょうず》だなんてね。できすぎですよ！　イラストもかっこよかったし。

そうそう。今回、イラストを担当《たんとう》してくださった迎夏生《むかいなつみ》さんとは、長年のコンビです！

わたしが書いている他のシリーズで『フォーチュン・クエスト』というのがあります。

剣《けん》と魔法《まほう》の世界を舞台《ぶたい》にしていますが、ドジで明るくってかわいい女の子が主人公。

仲間は、剣《けん》の腕《うで》はあるのに、気が優しくってモンスターを倒《たお》すのをためらってしまうような戦士《ファイター》、口は悪いけど、ここぞという時頼もしい盗賊《シーフ》、ちっちゃくってかわいいエルフの魔法《まほう》使い……などなど。

一緒《いっしょ》に冒険《ぼうけん》している気分になれて楽しい！　と、読者さんからよく言われます。

あはは。思いっきり宣伝《せんでん》しちゃったけど、このシリーズを最初からずっといっしょに作ってくださっているのが、迎《むかい》さんなんです。今回のタクトも、わたしが思った以上に素晴《すば》らしいイラストを付けてくださいました。ありがとうございます！

さて。ちょっと関係ないお話をします。

わたしの娘《むすめ》は、今、中一ですが、小学校の頃《ころ》から一度も塾《じゅく》に行ったことがありません。クラシックバレエを習っているので、とてもその暇《ひま》がないからと、小さいうちは友達《ともだち》と遊んだほうがいいというのが、わたしの方針《ほうしん》だからです。

それに、せっかくだから、わたしも小学一年生から勉強をやりなおしてみよう！　と思いました。

親になるというのは、その点、いいです。子供《こども》時代をもう一度体験できるんですから。皆《みな》さんが、大人《おとな》になって、いずれ子供を持つことがあったら、きっとわかってくれると思います。……って、そうとう先の話ですけどね！

で、今日《きょう》、たった今、わたしは娘の国語のテスト勉強に付き合って、久々《ひさびさ》に文法というものを勉強しました。

ほら、主語とか述語《じゅつご》とか、連用修飾語《しゅうしょくご》、連体修飾語《しゅうしょくご》、助詞《じょし》、助動詞、接続詞《せつぞくし》、副詞、感動詞、形容詞《けいようし》、形容動詞……みたいなやつです。

ああ、そうか。これは中学の国語だから、皆《みな》さんはまだ習ってないのかしら。まぁ、とにかくね。「わたしは犬と散歩をしました」っていう文章なら、「わたしは」が主語で、「犬と」が修飾語、「散歩をしました」が述語とか、そういうんです。

しかししかし、すぐにわたしは頭を抱《かか》えてしまいました。

だって、毎日毎日、こうやって小説を書き続けているというのに、さっぱり正解《せいかい》できないからです。

「ああ言えば、こう言う」の「ああ」って、何だっけ？

「わたしが先に使った皿をあなたが使った」って場合の主語は「わたし」と「あなた」と、ふたつでいいんだろうか？　……とか。どこが修飾語？　とか。

助詞って何？　助動詞って何？　って。

そういえば、小学生の頃《ころ》の問題でも、わからないことはいっぱいありました。

とはいえ、子供《こども》そっちのけで勉強していくうちに、だんだん思い出してきます。今回もそうでした。だから、きっとわたしがあしたの娘《むすめ》の試験を受けたら、バッチリだと思いますよ！　ま、それじゃ、意味ないんですが、とにかくすっごく楽しかったです。

もしかすると、今は勉強ってつまんないな、できればテレビ見たい、ゲームしたい、遊びたい、寝《ね》たい……とか思うかもしれませんが、わかってくると、これがけっこうおもしろくなるもんなんです。本当に。

大人《おとな》になると、わざわざ小学生の勉強をしたりしない人がほとんどです。

でも、それは絶対《ぜったい》もったいない！

皆《みな》さん、大人になって、子供《こども》を持ったら、ぜひいっしょに勉強してみてください。その時、困《こま》らないように、今も少しは勉強しとくといいかな？

というわけで。

なーんだ、深沢《ふかざわ》さんも「勉強しろ」って言うのかぁ！

と、がっかりしている君。ごめんなさい。

でもね。「どうせやんなきゃいけないんだったら、楽しんでやろうぜ！」というのが、さっき書いた口の悪い盗賊《シーフ》くんの口癖《くちぐせ》。だから、ちょっと書いてみました。

さて、次のタクトは、どんな難問《なんもん》を解《と》いてくれるんでしょう？　未来《みく》の片思《かたおも》いの行方《ゆくえ》は？　龍一《りゅういち》の新メニューは？

いろいろとご期待ください。

感想も送ってくださいね！　よろしくお願いします。

深沢美潮《ふかざわみしお》

IQ探偵シリーズ⑦
IQ探偵タクト　密室小学校

2007年3月　初版発行
2015年3月　第8刷

著者　深沢美潮《ふかざわみしお》

発行人　奥村 傳

発行所　株式会社ポプラ社
〒160-8565 東京都新宿区大京町22-1
［編集］TEL:03-3357-2216
［営業］TEL:03-3357-2212　［お客様相談室］0120-666-553
［ご注文］FAX:03-3359-2359　URL http://www.poplar.co.jp

イラスト　迎 夏生
装丁　荻窪裕司（bee's knees）
DTP　株式会社東海創芸
企画協力　日向 葵
編集協力　鈴木裕子（アイナレイ）

印刷・製本　大日本印刷株式会社

ISBN978-4-591-09693-2 N.D.C.913 174p 18cm
Printed in Japan

本書は、2006年10月にジャイブより刊行されたカラフル文庫を改稿したものです。